然後，
沒有你的九月
來臨了
天澤夏月

然後，沒有你的九月來臨了

天澤夏月

輕文學
Light Literature

第一部

分身

When the night has come
And the land is dark
And the moon is the only light we'll see
No I won't be afraid
Oh, I won't be afraid
Just as long as you stand, stand by m

So darling, darling
Stand by me, oh stand by me
Oh stand, stand by me
Stand by me

1. 世界五分鐘前假說

——那年夏天，惠太死了。

有一個假說叫做「世界五分鐘前假說」。

那個假說的內容是，我們——比方說，即將迎接高二暑假的我們——深信自己活了十六年再多一點，但實際上，這個世界是在五分鐘前才建立的。聽了這個論點的人可能會反駁：「別說傻話，你不是才剛說自己活了十六年再多一點嗎？」這個反駁確實非常正確，但是，說不定就連這段記憶也是五分鐘前才形成的，所以無法推翻剛才的論點——那是一個像這樣有點強詞奪理的假說。

「結城惠太過世了。」

我一臉茫然地聽著班導所說的話。

為什麼我會在這時候想起「世界五分鐘前假說」？

因為告訴我這個假說的人正是惠太。第一次聽到的時候雖然可以理解，卻難以接受。因為我和惠太從小情同姊弟，說他是五分鐘前才烙印在我的記憶裡？他的存在才沒有那麼廉價。

不過，現在的我似乎可以接受那個假說。

說不定名為「惠太」的人，從一開始就不存在。世界是在五分鐘前形成的，名為「惠太」的人存在於世界上不過是設定中的其中一環，只是因為神的喜怒無常而無端死去罷了。

這種說法我還比較能接受，因為我不願相信惠太已經死掉這個事實。在我十六年又多一點的記憶中，有一半都會出現惠太的臉龐；從思春期開始意識到異性以來，我那不豐滿的胸部有一半無論何時都充滿惠太。我的一半是惠太構築起來的，所以惠太死去，等於我也死去了一半。

那一天，我已經死去了一半。

雖說沒有人可以否定「世界在五分鐘前成立」的說法，但現場證據、最新科學和名為「喪禮」的儀式，都成為證明惠太死亡最有力的證據。

＊

雙町高中放暑假的前五天，惠太失蹤了。

那一天是七月十六日，星期四。我記得非常清楚，因為我在那一天發現自己隸屬的田徑隊的社團夾克不見了。

「喔？沒想到妳也會搞丟東西。」

跟我同屬田徑隊的舜，看到我穿學校的運動外套晨練，細瞇起雙眼說道。

「真難得，我一直以為妳很會保管東西。」

我坐在地上張開雙腿，邊吃力地向前彎邊回答他：

「嗯……到底把外套丟去哪裡了呢？我記得昨天晚上有穿外套去跑步，但是……」

我吃力地想把僵硬的身體往前壓，同時舜也動手按壓我的背部。好痛！

「跑步？自主練習嗎？」

「也不算，就是……心煩的時候不是會想去跑步嗎？」

舜似乎察覺到我的心情而面露苦笑。

「話說回來，他今天沒有來練習。」

因為舜的聲音有點僵硬，我立即明白他說的是誰。最近舜和惠太正在冷戰中。

「跟我搞丟東西相比，惠太沒有來晨練還比較稀奇吧？」

惠太也是田徑隊的，每當我因為柔軟操痛到哼個不停的時候，都是惠太來幫我按壓背部。

「他有說些什麼嗎？」

「簡訊嗎？沒有，他什麼也沒說。」

我搖搖頭。

每次有什麼事，惠太都會拜託我幫忙傳話，但我這次沒有收到任何聯絡。

「感冒了嗎？」

舜說道，我則是模稜兩可地點頭。

在這個時間點，我只有想到這個可能性。

到了十七日早上的班會時，我才從導師的口中知道惠太失蹤了。據說惠太從十五日晚上就沒有回家，也一直聯絡不上他。他似乎把手機留在家裡。我不由得開始擔心惠太。

下課的時候，我們一群老面孔聚集在一班——我、莉乃、大輝和舜。本來惠太也應該和我們在一起，我們是從一年三班時代就經常聚在一起的小團體。

「惠太到底怎麼了？」

大輝坐在舜的桌子上，望著窗外說道。

「我覺得依他的個性，應該不會離家出走才對。」

隸屬排球隊的大輝身材頎長，像這樣望向遠方的姿態，美得有如一幅畫。

「他該不會是捲入什麼重大犯罪案件中吧？」

他用開玩笑的口氣說道，但從他的側臉可以看出沒有半點笑意。

「不要亂開玩笑。」

我以幾乎要將其捏碎的力道握緊手機低聲說道。無法聯絡上惠太的手機明明沒有壞掉，卻彷彿失去了一半的功能，這令我感到無端不安。

「如果是離家出走，會刻意把手機放在家裡嗎？」

舜說道。

「大概是忘記拿吧？那傢伙其實挺迷糊的。」

大輝說道。

「他該不會是被綁架了吧？」
「綁架他有什麼好處？他又不是有錢人家的大少爺。」
「不然他為什麼會失蹤？」
「那是因為……」
「已經報案了吧？如果他沒有走太遠，應該很快就會找到人。」
莉乃用沉靜的聲音打斷舜和大輝的對話。她是我和惠太的國中同學。因為以前從來沒有發生過這種事，我想她的內心其實不如表面上冷靜。
「他不是會爽約的人，應該在放暑假之前就會回來吧……畢竟第一個開口說要去露營的人可是他。」
舜靠在自己的椅子上，不悅地微微嘟嘴說道。但是，我和舜也知道惠太不是會翹掉田徑隊練習的人，而且夏天還有很重要的比賽——惠太獲選參加全國高中生運動大會的一百公尺短跑比賽。
「露營啊……」
大輝的眼神彷彿微微看向遠方，像是回想起什麼。
——大家暑假要不要一起去哪裡玩？我想去露營。

我記得首先提議去露營的人確實是惠太。

——你要參加全國高中生運動大會吧？練習怎麼辦？應該還有集訓吧？

我也記得大輝這樣反問他。

——我會想辦法擠出時間來的。畢竟明年就要準備考試，只剩今年可以去了。啊，不過我的確沒有什麼時間，所以規劃的工作就交給大輝。

惠太就這麼笑嘻嘻地把規劃露營的重責大任撇得一乾二淨。大輝雖然一臉苦笑，但仍是一副拿他沒轍的模樣接下這份工作。

惠太說想去可以看到星星的地方，因為他的父母工作很忙，所以幾乎沒有全家一起去旅行過，也沒有看過滿天星斗。

都市裡的夜空，就連夏季大三角都顯得很模糊，所以必須去人煙稀少、光害少、安靜、黑暗、與世隔絕的地方，像是山上或者森林裡。大輝自己明明也有排球隊的練習要忙，卻還是很用心調查，規劃了露營行程。我從六月起就被惠太拉著去採買露營用的東西，所以知道他非常期待這次的露營。

「惠太一定會回來的。」

大輝彷彿要讓大家安心般說道。

我點了點頭表示同意。惠太從以前就經常做出破天荒的事，但這是他第一次令人這麼操心，之後我非得好好罵他一頓不可。

——然而，到了十九日的晚上。

惠太卻在再也無從得知我們對他的擔憂之下死去。

*

惠太的遺體是在一座名為烏蝶山的山上森林深處被人發現的。

經大輝提醒，我才發現那座山就是我們預定去露營的地方。雖然我不認為惠太死在那裡只是偶然，但沒有人知道理由——連大輝也是。因為那座山很遠，距離這裡太遠了，惠太為什麼要特地跑去那裡尋死？

據說惠太的死因是從懸崖上摔落。雖然無法完全排除自殺的可能性，但從現場的狀況來看，他應該是失足摔死。這種死法一點也不符合惠太的作風。不過「死亡」是不可理喻的，所以也沒有人可以選擇「符合自己作風」的死法吧？

「美穗。」

我聽到莉乃叫我的聲音。

惠太的喪禮有許許多多學生來參加。我知道他的朋友眾多，但沒想到會多到如此驚人。其中有男有女，小至幼稚園的小朋友，大至年紀和大學生相仿的大哥哥，所有人都在為他的死亡啜泣。從參加喪禮的成員來看，或許像一場畢業典禮，只不過大家都穿喪服；台上擺的也不是用來發表畢業感言的麥克風，而是惠太的純白靈柩。

惠太的表情很安詳，或許那是禮儀師幫他修飾出來的表情吧？我也不清楚。他看起來在笑，但那個笑容太過乖巧、太過蒼白，一點也不適合他，因為他總是笑得很像在惡作劇，臉龐則是曬成健康的小麥色。

……眼淚流不出來。

「美穗。」

我用彷彿怒瞪著惠太的目光凝視他的臉，這時候，莉乃忽然叫了我一聲。原來是因為我一直站著不動，後面的人遲遲無法前進。我就像把枕畔的鮮花推到惠太交疊的手上一樣，猛地縮回手，並在那一瞬間不小心碰到他的手背，感覺到他的手如同冰塊般冰冷。這令我非常害怕。比起悲傷，我更害怕承認眼前的人是惠太。

惠太出殯後，我沒有進入火葬場。我跟惠太從小一起長大，所以他的親人也請我一起去送他最後一程，但是我拒絕了。我無法為他送別，一定會當場吐出來的，真的做不到。

不過，當我茫然看著老舊的火葬場煙囪冒出煙霧時，最後還是吐了。一直用手帕按在鼻子上的莉乃不斷輕撫我的背，同行的大輝和舜只是看著煙囪冒出的煙霧默不作聲。大輝真的很穩重，他代替在喪禮前後都無法好好說話的我們三人慰問死者家屬。舜緊皺著臉，用力得讓我擔心他的臉部肌肉會不會太過僵硬而無法復原，然而即使緊皺著一張臉，他還是忍不住流下淚水。只能不斷嘔吐的我，感覺最為淒慘又丟臉。平常這種時候負責嘲笑我的人是惠太，現在卻聽不見他的嘲笑聲。我因為無法理解這個事實，結果又吐了，彷彿身體已經脫離自己的掌控。胃液代替眼淚不停流出，我吐不出其他東西，因為這幾天我幾乎食不下嚥。

「露營只能取消了……」

莉乃喃喃說道。

沒有人否定她的話。

「……回家吧，留在這裡，大家都不好受。」

大輝說道，我們離開了火葬場。

就這樣，今年的暑假以一種最惡劣的方式開始。

＊

我聽見「唧唧、唧唧」的蟬鳴聲。唧唧叫的是斑透翅蟬嗎？我也不太清楚。如果是寒蟬，倒是能立刻認出來，因為寒蟬在暑假接近尾聲的時候才會鳴叫。

今天是惠太的喪禮兩天後。時間已經過了兩天。這麼一說會覺得時間過得很快，但是一旦面對現實，又會覺得時間的流動緩慢得就像一直沒有前進。因為這兩天我什麼事也沒做。自從惠太的喪禮過後，我便沒有再踏出家門一步。

我慵懶地躺在和室的榻榻米上一動也不動，但今年的情況特殊，所以爸媽都沒有責備我。爸媽跟我一樣是看著惠太長大的，也有去參加他的喪禮。剛剛他們說要出去買東西，問我要不要一起去，但就算出門我也心不在焉，所以乾脆選擇看家。好安靜，我只聽得見電風扇的馬達聲、掛在某戶人家屋簷下的風鈴聲、蟬的鳴叫聲，以及偶爾路過家門前的孩童們愉快的歡笑聲。

窗外的蟬劇烈地拍動翅膀，半晌，室內一片靜謐。牠死了嗎？我用輕浮的心情思考這個問題，接著猛然一驚。

死了。

惠太死了。

我仍然無法相信。

明明已經過了兩天。

我和惠太是青梅竹馬。雖然我們念的是不同的幼稚園，不過家住得很近，所以從小就經常一起玩。我已經不記得一開始的契機是什麼，不過惠太從小就是個經常忽然冒出來、又忽然跑回家的孩子，所以我大概是不經意地和他變得熟識吧？

上小學後，我們編到了同一個班級，到低年級為止，我們都是一起上學。惠太從那時候開始就是個腳程很快、很頑皮、膽子很大的男生。我們同年出生，我的生日還比他晚，但他給我的感覺就像弟弟一樣。他經常爬到高高的樹上，或者是直接跳進泳池裡，所以老是被我警告。

「惠太，太危險了！你又會被老師罵喔！」

「不用擔心啦，妳也一起來吧，這裡很舒服喔！」

「……不行啦，不行啦！我要去跟老師告狀！」

只要我氣鼓鼓地說要去向老師打小報告，惠太就會立刻爬下來說：「對不起，我不會再爬樹了。」但隔天，他又會依然故我地去爬同一棵樹。我在學校到底說過幾次同樣的警告，根本數也數不清。

上國中以後，惠太變得比較沒有那麼淘氣，而是將那份熱情投注在社團活動。和他一同加入田徑隊其實也是巧合。我表現得差強人意，惠太則是短跑項目的王牌。從那時候，我開始稍微意識到惠太是男孩子。惠太的手腳纖細，但不會像細竹竿那樣乾癟；柔順的黑髮微微鬈曲，雙眼皮的雙眼總像在惡作劇；一旦笑起來，臉上就會浮現如同女孩子一樣的酒窩。不過，他的行為是如假包換的男孩子（雖然他已經比以前沉穩不少），腳程很快，個性也容易與人親近，所以很受女孩子們喜愛。這一點讓我很不高興。只要惠太跟其他女生說話，我就會一臉不悅。惠太很愛撒嬌，只要我對他冷淡，他就會慌張得手足無措。看到他不知所措的模樣，我便會忍不住原諒他。這樣的我實在是無藥可救了。

升上高中後，因為我們五個人在五月的遠足時編在同一組，之後就經常聚在一起，最後演變成現在的關係。惠太喜歡惡作劇，大輝的配合度很高，兩人臭味相投，時常一起鬼混。雖然我有點覺得因此讓惠太和我之間產生了一些距離，但五個人在一起的時候真的很愉快，所以我沒有任何不滿。

家裡有很多我跟惠太的合照，因為每當學校有任何活動，惠太總是孤伶伶的一個人。他的父母很忙碌，無論是教學參觀、運動會和才藝表演會都沒有來參加過，即使上了國中，他們也沒有來參加過運動會和校慶。幫惠太拍照的都是我爸媽，所以我自然而然地也會入鏡。家裡有很多惠太的照片，連他喪禮上使用的遺照都是我家提供的。我在喪禮上才第一次見到惠太的父母，因為以前從來沒有看過他們，所以直到現在依然覺得很不真實……

——美穗。

我猛地轉頭看向玄關。剛才有人叫我？

我靜默了十秒左右，再次聽見有人呼喚我的名字。為什麼對方不按門鈴？門外明明有對講機。到底是誰？

既然有人叫我，我必須去看看，但對方呼喚我卻不按門鈴，如此可疑的行為也引起我的警戒。兩種想法在心中天人交戰後，後者獲得最後的勝利，我決定假裝不在家，再次慵懶地趴在榻榻米上。

——美穗～

這次的呼喚聲更大。雖說隔著牆壁，聲音有些模糊，不過，我可以分辨出是男生的聲音。我皺著臉抬起上半身，確認一下手機。本來以為是大輝或舜，但是他們並沒有傳簡訊或打電話給我。既然如此，那會是誰？

我走向對講機，仔細看螢幕，但螢幕上沒有映出任何人。是有人在惡作劇嗎？不是一直亂按門鈴，而是一直叫我的名字，真是嶄新的手法……正當我心中這麼想的時候，又聽見對方呼喊我的名字，我嚇得向後一跳。

「……是誰？」

我害怕地朝對講機詢問，然後聽見某人的呼吸聲，接著是一個很小的聲音。

『……美穗？』

那一剎那。

聲音消失了。

蟬的鳴叫聲、電風扇的馬達聲、孩童們的笑聲，全都消失了。

我錯愕地張大雙眼，全身僵在原地，瞳孔張到不能再大的程度，眼睛感到一陣刺痛，眼前的景象扭曲得不成形。

我認得那個聲音。

窗外，我本來以為已經死去的蟬又拍動翅膀，就像我體內的另一半忽然活過來。

我立刻轉身衝向玄關打開鎖、解下門鍊，用力得差點把它扯壞。

打開門——

耀眼的夏日陽光燒灼我的雙眼，瞬間，世界被染成一片白。

隔著下意識抬起的上臂，我看到一個纖細的人影。

呼吸停止了。

熱靄宛如海市蜃樓般在空中搖晃。

鬈曲的黑髮，纖細的四肢，堅毅的雙眼皮。

「……不可能。」

他抬起頭微微一笑，臉上浮現小小的酒窩。那是像在炙人的夏日陽光下淡淡融化的一粒冰般虛幻的笑容。彷彿五分鐘前才誕生的臉龐，有一種難以形容的不自然。

但是，我不會認錯人。

那張臉我再熟悉不過。

「……惠太？」

踏出玄關一步的腳差點站不穩。

「嗨。」

少年一派輕鬆地抬起手。

2. 惠

看到應該已經不在人世的惠太站眼前，我率先感受到的情感是恐懼，而不是懷念和喜悅。那是一種毛骨悚然和不對勁的感覺交雜的灰色情感。腦中某個聲音冷靜地對我說：「他不是惠太。」思考中的我也茫然肯定這句話。那不可能是惠太，因為惠太已經死了。

「你是……惠太嗎？」

即使如此，或許是心中懷抱的一絲希望，讓我無法阻止自己開口問出這句話。

他露出略微傷腦筋的表情。雖然是惠太的臉龐，卻展露我從未看過的表情。這時候，我彷彿已經聽到他的答案。

「一半是。」

他語帶玄機地回答。

「一半？」

他看似有些猶豫。

「我應該算是他的分身吧。」

我聽見從自己半張的口中，發出有如漏氣般的怪聲音。

分身？是那種看到後就會遭遇不幸或死亡的東西嗎？聽說世界上有三個跟自己長得一模一樣的人，他的意思是，他是其中的一個嗎？

「……你在胡說八道些什麼？」

我的聲音顫抖著。

「你是幽靈嗎？」

看見幽靈的確很嚇人，但說他是幽靈我還比較能夠接受。

「或許吧，但嚴格來說並不一樣。」

我下意識看向他的腳。他的腳還在，而且不透明，也有影子。但仔細想想，就會發現他並沒有映照在對講機的螢幕上。

蟬聲唧唧鳴叫。在炙人的夏日陽光下，肌膚冒出一層汗水。那真的只是因為炎熱嗎？我用思緒混亂的頭腦茫然思考著，少年則是目不轉睛地打量我的反應。

「……我可以摸摸你嗎？」

他點頭答應，於是我膽怯地伸出手，想觸碰他的髮絲。我以前經常撫摸惠太的頭髮。惠太的髮絲細柔，明明略微鬈曲，手指卻能輕易穿過，讓我覺得很舒服，小學的時候，我經常用手指纏繞他的頭髮，

現在，就某種意義而言，我的手指也像當年一樣輕易穿過，但穿過的不只是頭髮，還有他的頭。

「哇！」

我嚇得猛然縮回手。

我碰不到他，他沒有實體。

他哀傷地微笑，然後看著自己的雙手。

「直到不久之前我還有實體，但因為某些理由，現在我無法觸碰東西，而且似乎只有少數人能看得見我。」

蟬聲唧唧鳴叫。

該不會是惠太的死給我的打擊太大，所以我發瘋了？惠太就在我眼前，但是他正用與惠太截然不同的口吻說話（惠太不會那麼有禮貌），而且沒有實體，還宣稱只有少數人看得見他。我是在作夢嗎？只是夏日的一場夢、白日夢，或是幻覺……

也許是因為我忽然跑到炎熱的地方，又或是受到發生在眼前的事情所影響，我感到一陣頭暈目眩。我不知道會不會連這也只是一場夢？

「我怕妳誤會，所以先跟妳說清楚，這不是夢。」

我聽見他這麼說。

「我能理解妳因為惠太死掉受到很大的打擊，也知道自己在這時候出現只會讓妳感到更加混亂，但是，我還是必須來找妳，因為我有事情要拜託妳。妳可以把我當作幽靈，但我不希望妳把我當成一場夢看待。」

一直茫茫然的我好不容易才把目光稍微對焦在他身上。從他那無法觸碰的瀏海縫隙間露出的雙眼皮眼眸，以再認真不過的眼神看著我。

「美穗，我希望妳能幫我找一個東西。」

「……找一個東西？」

瞬間，惠太──自稱是惠太分身的人臉上，浮現難以言喻的淡淡情感。

「那是惠太最後的心願，光靠我是無法幫他實現的。」

在他說完之前，我的眼前一閃，頓時暈了過去。

＊

當我張開雙眼時，看見的是喜怒不形於色的莉乃。

「啊，妳醒了。」

「哇！」

我嚇得跳起來。為什麼莉乃會在這裡？

環顧四周，我發現自己正躺在熟悉的自家和室當中，而且是不久之前我才無精打采地在上面翻來覆去的榻榻米。老舊的電風扇發出悶響，掛在某戶人家屋簷下的小風鈴傳來鈴聲，蟬唧唧鳴叫……剛剛是我的幻覺嗎？

「……我在作夢嗎？」

「大概不是。」

莉乃眉毛一動也不動地回答。

「美穗，妳暈倒了，可能得了冷氣病，最近妳一直把自己關在家裡對吧？所以才會無法適應劇烈的溫度變化而暈倒。」

「暈倒……」

聽莉乃這麼說，我才感覺到頭部側面傳來陣陣鈍痛，伸手去摸，發現腫了一個很大的包。

「莉乃，妳怎麼會在我家？」

我邊輕輕撫摸腫包邊詢問，原本面無表情的莉乃微微皺起眉頭。

「是他來通知我，說妳暈倒了。」

「他……？」

莉乃指向我的正後方。

我戰戰兢兢地回頭，與坐在椅子上的少年沉靜的眼眸四目相交。

「哇！」

我嚇得再次向後一跳。

惠太——不，不是惠太吧？據說是惠太分身的少年安靜地站起來。

少年要我們稱呼他「惠」。惠太和惠，好容易混淆。

我暈倒後，惠似乎立刻去找莉乃。不消說，離我家最近的是惠太家，其次是隸屬同一學區的莉乃家。惠碰不到我，無法救我，所以才跑去找莉乃。莉乃似乎也看得見惠。

惠說，和惠太生前越是親密的朋友越能看見他。

「惠的臉忽然穿牆過來，把我嚇得心臟差點停止跳動。」

莉乃渾身顫抖，似乎回想起當時的光景。

「我還忍不住發出尖叫，可是媽媽看不見他。他還自稱是惠太的分身，不斷叫嚷妳的名字，我只好跟著他過來，這才發現妳暈倒了。」

「對不起……」

「妳沒事就好，幸好沒有撞到要害。」

接著，莉乃的目光瞥向旁邊。

「你到底是什麼玩意兒？」

被莉乃不客氣質問的對象，當然是惠。

「惠太的分身。」惠神情認真地回答。

「我不是問你這個！」

略顯煩躁的莉乃語氣變得強硬。

不過，她沒有繼續說下去，嘴巴一張一闔，彷彿在尋找適合的表達文句。真難得，一向邏輯分明又博學多聞的莉乃，居然也有詞窮的時候。不過，我能明白她的心情。我已經知道眼前這個自稱「惠」的少年——姑且不論他是不是分身——的存在真的很詭異。我和莉乃無法理解，也不可能就這麼接受，所以我們無法阻止自己問：「你到底是什麼？」

「簡單來說，你就是惠太嗎？」

莉乃語帶苦澀地做出這個有點粗糙的結論，不過，我也想問這個問題。惠就是惠太嗎？我們到現在還無法理解他所說的「分身」是什麼意思。

「不是。」

惠簡短地回答，搖搖頭。

「不，應該說，我變成與他不同的存在。」

「什麼意思？」

「我不是很篤定，不過……」惠太先說了這句話，接著繼續說：「分身大概像鏡子中的虛像。本來我們只是如實模仿本尊，最後變得跟他們一樣……我是在惠太死亡之際以他的分身之姿誕生，不過……」

惠略顯寂寥地說道。

「映照的本尊不在了，鏡中的我不知道該模仿什麼才好。當我還是虛像的時候，並沒有察覺到自己是虛像，直到現在才有自覺。所以我不是惠太，而是惠。」

惠看著自己的手。

「虛像必須要有本尊映照才能存在，現在的我是個不應該存在的幻影。或許是這個緣故，我的存在感越來越薄弱，並且失去實體。能夠看見我的人越來越少，原本屬於惠太的記憶也逐漸消失……」

「等等！」

我打斷他的話。

「你有惠太的記憶？」

「對，所以我才會認識妳和莉乃。不過，如今我的記憶已經處於殘破狀態。」

我幾乎沒有把他的更正聽進去，連珠砲地問他：

「那麼，你知道惠太為什麼要一個人去那裡嗎？」

莉乃的身體微微一晃。

惠的表情微微罩上一層陰霾。

「……抱歉，我本來真的知道全部事情。」

我邊輕揉腫起來的地方，邊小聲向他道謝：「沒關係，謝謝你。」

即使知道原因，惠太也不會死而復生，但我還是想知道惠太到底是抱著怎麼樣的心情、想要做什麼事才會去那個地方……

「結果你到底希望我們做什麼？」

莉乃將話題引導回來。她的聲音聽起來非常焦躁。這可真是難得，她平常總是那麼冷靜，很少把內心的情緒表露出來。

「你說希望我們實現惠太最後的心願，具體來說是什麼？」

莉乃似乎已經聽說惠來找我們的原因。

惠的表情再次變得黯淡。

「……詳細內容我不會告訴你們。」

「不會告訴我們……？」

莉乃挑起單邊眉毛。

「你從剛才不是說『不知道』，就是『不會說』，真的有你知道的事嗎？還要求我們接受你那些莫名其妙的請求，會不會太失禮了？」

「我明白。但是，就算我說出實情，你們也不會相信，甚至會比現在更加混亂，所以我才選擇不說。」

「我現在也沒有相信你。」

「莉乃，別這樣……」

我打斷兩人的對話。雖然莉乃開口問他是不是惠太，但似乎打從心底不相信他是惠太。如果對方是惠太，她絕對不會用這麼不客氣的語氣說話。

「我們先聽聽他怎麼說吧。」

「美穗，這傢伙可不是惠太，畢竟他自己也這麼說了。而且別人看不見他，他的身體還會穿透牆壁，可疑的地方實在太多，我們沒有必要聽這種傢伙的請求。」

我驚訝得嘴巴一張一闔。

「莉乃，妳怎麼了？為什麼這麼生氣？」

「我沒有生氣。」

「妳在生氣，我從來沒看過妳用這種語氣說話。」

「我沒有生氣。」

莉乃雙手環抱在胸前，不悅地把頭撇向一旁。我想反駁她，但這時候才發現她置於上臂的手指在微微顫抖。

話說回來，惠太才過世四天。在喪禮上，莉乃雖然沒有像我一樣失態，但仍無法忍住淚水。因為她總是那麼冷靜穩重，不會向人示弱，我一直以為她很堅強，但其實她和我一樣，只是個高中二年級的女生。朋友過世後，和朋友長得一模一樣的幽靈突然出現在面前，會失去冷靜和無法壓抑情緒一點也不奇怪。其實我的思緒仍然很混亂，只是結果變成看起來反而是我比較冷靜而已。

「呃……惠，姑且不管我們是不是辦得到，能不能先告訴我，你希望我們怎麼做？」

惠點頭，然後平淡地說出他的請求。

「我希望有人能跟我走，就算只有一個人也沒關係。總之，希望你們之中能有一個人跟我一起去惠太死亡的地方。」

「我不要！」

莉乃發出近似尖叫的吶喊。

「為什麼我們非得做這種事不可？你真的明白我們的心情嗎？我們在幾天前才失去惠太！為什麼非得去做那種在傷口上灑鹽的事？」

莉乃將銳利的目光移到我身上。

「美穗，面對這種傢伙，妳不需要那麼客氣！」

我頓時慌張得手足無措，忍不住用求救的眼神看向惠。

「妳看他做什麼？」

莉乃的聲音變得越來越冷硬。

「不要遷怒美穗。」

惠事不關己地說道。

「還不是你害的！」

莉乃氣得咬牙切齒。

「再說，既然你自稱是惠太的分身，他的心願你不會自己去實現嗎？」

我嚇得縮起脖子，交互打量莉乃和惠的臉色。

惠用沉靜的目光看向莉乃，筆直、盈滿力量。他不發一語，表情彷彿在說他不是無法回答，而是沒有回答的必要。

「我絕對不會接受你的存在！」

最後是莉乃先從惠身上別開目光。

「我才不管那是不是惠太生前最後的心願，想要實現的話，你自己去做就好。」

惠緩緩搖頭，看起來似乎有些疲憊。

「妳說得對，本來應該由我代替惠太實現他生前最後的心願。但是，我已經辦不到了，所以才會來拜託你們……因為我也只能拜託還能看得見我的你們。」

莉乃想要反駁而張開嘴巴，卻因為找不到適切的話語而不發一語。惠閉上雙眼，然後再次張開，這次露出彷彿隨時會融化般平淡又悲切的笑容說道：

「我已經無法碰觸人世間的東西。惠太的心願只能由活在這個世上的人實現。」

＊

隔天，七月二十四日，惠消失得無影無蹤。

昨天我對他說可以留在我家，但他露出困惑的表情，搖頭拒絕我。我記得那種表情。那是小時候，我對到了傍晚仍不想回家的惠太說「要不要在我家過夜」時，惠太臉上浮現的表情。那是包含了讓我費心的過意不去，以及想留下來過夜的兩種心情天人交戰的表情，看起來很怪異。要是跟他說：「你的表情好怪。」他就會回答：「妳少囉嗦。」然後笑著回家。

我把自己關在房間，稍微調高冷氣的溫度，播放喜歡的音樂。其實今天有田徑隊的練習，但我請假了。現在我沒有心情盡全力跑步。雖然我用盡全力也跑不快，不過這是心情的問題。

我就這樣無所事事地度過上午，到了中午，有人來找我。

是大輝跟舜。

「莉乃傳簡訊給我們，說惠太的幽靈出現了？」

我知道大輝是故意用輕快的語氣詢問，所以也笑著回答：

「對呀。雖然他跟惠太的個性完全不同，不過真的碰不到他。」

「真的？他現在在嗎……？」

似乎和我一樣沒有去練習的舜，臉色蒼白地在我房裡四處張望。

「你不要亂看啦！」我輕斥，接著對他說：「他現在不在。我想大輝和舜應該也看得見他吧？聽說和惠太越親密的人看得越清楚。」

「很難說吧？妳跟惠太是青梅竹馬，莉乃從國中時期就認識他，我們則是從高中才開始跟他往來。」

聽完大輝說的話，舜點了點頭。

「而且，我跟他的感情沒有那麼好……」

「真的嗎？可是我覺得惠太應該很喜歡你們。」

我一說，大輝便苦笑著說：

「聽妳這麼說，讓我感覺好複雜……不過，反正只要見到那個叫惠的傢伙就能明白了吧？」

接下來，我們三人稍微聊了一下。能像平常一樣聊天，讓我著實鬆一口氣，因為上次見到他們是在惠太的喪禮，所以我有一點不安。但是，好像已經不要緊了。

我也向他們說了昨天惠提出的請求。

「跟他去惠太死去的地方……？」

果不其然，他們的反應都不太正面。大輝皺起眉頭，舜則是害怕得發抖。

「為什麼？」

「他不肯說，只說告訴我們的話，會讓我們更混亂。」

「這樣就讓人更不想去了。」

大輝把手交疊在頭部後方，「咚」的一聲靠在牆上。

「……妳打算怎麼做？」

舜問我。

「咦，我嗎？我……嗯……」

坦白說，我很猶豫。

確實，我對惠一無所知，即使忽然冒出來說他是惠太的分身，我也很難接受，所以難怪莉乃、大輝和舜會有那種反應——懷疑、恐懼，覺得應該避開他。

但是，「惠太最後的心願」這句話讓我耿耿於懷。如果我們不去，一定不會有其他人去幫惠太實現願望，他會永遠在人世間徘徊吧？就像無法成佛的遊魂，正如惠的存在一樣。想要實現惠太心願的惠，其實既不是分身也不是幽靈，而是更單純的東西，是惠太無法成佛的遊魂吧？既然如此，就應該讓他從這種狀況下解放才是。如果我的力量可以解除他的束縛……

「美穗？」

「咦？啊啊，嗯……我不知道。」

「這樣啊……說得也是，我們不知道的事情太多了。」

「對呀。」

「我到現在仍然不敢相信……他已經不在人世……」

舜喃喃說道。

大輝用探究般的目光看著我，我則是彷彿要逃離他的視線般，將視線移向窗外。惠太死了，世界卻彷彿事不關己般，夏日的天空今天也是晴朗得萬里無雲。

＊

我佇立在草原上。一望無際的綠色地毯，湛藍的夏日晴空，流動的白雲……是個稀鬆平常的風景。有如爸媽以前使用的電腦桌面般的綠色地平線，清晰地分隔出與天空的界線。

風吹拂而過，傳來夏季青草的味道。好舒服，我做了一次深呼吸，感覺到肺的每一處都盈滿翠綠的新綠清香。我向後倒去，跟人齊高的青草成為緩衝墊，輕輕承受住我的身體。

「好舒服。」

在我身邊的人如此說道。

這個黑髮少年是我再熟悉不過的人。

「惠太……」

我輕喚那個名字。

「你在這裡做什麼？」

「那是我想問妳的話。」

惠太苦笑地說。

「妳怎麼會來這種地方？」

「這種地方？」

「不，當我沒說。」

奇怪？惠太不是過世了嗎？

我漠然回想起這件事，同時坐起身來。鮮綠的地平線無邊無垠，除此之外看不見任何東西，也沒有其他人在。

「這裡是天堂嗎？」

惠太好像笑了。

「還差一步就是了。」

我看向身旁，惠太站起來。

「其實這裡是妳本來不應該來的地方。」

「那我為什麼會來到這裡？」

「我也不知道。」

我聽見惠太的笑聲，但已經看不見他的身影。他被跟人齊高的青草擋住，只能聽見沙沙聲響。

「惠太？你在哪裡？」

我忽然感到不安，不停四處張望。

「抱歉，我必須走了。」

只聽到從某處傳來的聲音，沙沙、沙沙。

風變得好冷，我全身發抖地按住胸口，感到一股難以言喻的憂慮，心臟附近躁動不安，彷彿小學時的惠太打算做什麼危險的事。

「等一下，惠——」

瞬間，世界彷彿關機的電腦，變得一片黑暗。

我張開雙眼，感覺到灼熱的物體從眼角滑落至臉頰。

「是夢……」

我坐起來，發現自己在熟悉的房間裡。大輝和舜回去後，我似乎睡著了。窗外的太陽已經西斜，赭紅的晚霞將紅光灑入房間。

「妳醒了嗎？」

聽見和夢中一樣的聲音，我嚇了一跳。惠飄浮在房間的角落半空中。

「妳睡著的時候哭了，作惡夢嗎？」

「……沒什麼。」

受到夢境的餘韻影響，現在我無法直視惠的眼睛回答。

「妳的臉色很差，有適當補充水分嗎？」

不希望他跟我說話的時候，偏偏他說個不停。

「我沒事。」

我邊說邊摸摸額頭。流了好多汗，睡覺的時候似乎冒了虛汗。雖然跟惠說沒事，但我的喉嚨很渴。

「妳看起來不像沒事的樣子。」

「我真的沒事。」

「妳之前還暈倒了，不要勉強。」

「你好囉嗦，我沒事啦。」
「就算待在室內也會脫水，妳要小心一點。」
「閉嘴啦！」
我忍不住向他怒吼。
惠驚訝得張大雙眼，我自己也嚇一跳。為什麼我會這麼激動？
「……美穗？」
這句話讓我找到答案。我立刻摀住耳朵。
「閉嘴！不要用那個聲音叫我的名字！」
我終於能夠明白昨天莉乃的心情。等我回過神來，才知道那是一種幾乎讓自己狂亂的衝動——明明擁有和惠太同樣的臉，卻不是惠太的某人在自己面前說話。
「為什麼你不是惠太？如果你們不是同一個人，就不要長得一模一樣啊！為什麼你有和惠太一樣的臉……一樣的聲音……」
我哭叫著。
「如果是幽靈，就說你是惠太啊……為什麼你是惠……為什麼你們不一樣……」
倏地，我感到一陣強烈的噁心。

不，我已經吐了，不斷地嘔吐，火辣的感覺令喉嚨刺痛。胃裡幾乎沒有東西可以吐，吐出來的都是胃液。胃部不斷收縮、劇烈脈動，彷彿要把胃從嘴巴吐出來一樣。鼻水和淚水一同流出，臉部的汗腺直冒冷汗。我無法呼吸了，好痛苦。

「冷靜一點。不要緊，妳儘管吐，吐出來會舒服一點。」

這是惠的聲音，說的卻是惠太說過的話。

以前好像也發生過類似的狀況。有一次田徑隊的練習內容非常嚴苛，我勉強自己做完，最後不支倒地，吐得一塌糊塗。那時候，惠太一直撫摸我的背部，告訴我說儘管吐，吐出來會舒服一點，然後一直陪伴著我，直到我的情況穩定下來。

惠的手無法觸碰我，但我彷彿真的感覺到撫摸背部的溫暖。不可思議的是，這讓我舒服多了。狂亂的情感風暴逐漸平息，胃部停止蠕動，我終於可以正常呼吸，但惠仍然繼續用觸碰不到任何東西的手撫摸我的背部。

冷靜下來後，我才發現自己用一種很惡劣的方式遷怒於他，但惠始終對我很溫柔。

我尷尬地抬起頭。

「抱歉，我已經沒事了……謝謝你。」

惠只是微微一笑，表情很像那時候惠太的笑臉。我發現自己好像臉紅了，連忙把臉別向一旁。

等情緒稍微平靜下來，我開口問道：

「你之前去哪裡？」

「去散散步。」

飄浮在房間半空中的惠感覺比較像在游泳，而不是散步。

「惠，你會飛呀？」

「與其說會飛，比較像是飄浮。」

惠說道，然後指向自己的腳。

「因為我沒有實體，也碰不到地板或地面，所以一直都是浮在半空中。現在已經比較習慣了，所以可以佯裝出走路和坐下的樣子。」

接著，他實際坐到床上給我看。雖然看起來像坐著，但仔細一看，會發現床墊沒有下陷，就像在坐空氣椅子一樣。他果然很像幽靈。

「……你遲早也會消失嗎？」

之所以這麼問，是因為我認為幽靈總有一天會消失。

「對。正確來說，其實我本來早就應該消失了。」

「既然如此，你為什麼會留在人世？」

「因為惠太有未了的心願。」

惠毫不猶豫地回答。

「雖然惠太已經不在人世，但是他的遺願還沒有消失。我是在惠太的希望下誕生的，他希望我代替他做一件事，所以我還不能消失。」

「你還是不願意說他的遺願是什麼嗎？」

「我可以告訴妳，不過，我判斷不應該這麼做。」

「……好吧，我不勉強你。」

其實我想知道得不得了，但如果現在再多出新的事端，我的腦袋絕對無法負荷。

「對了，美穗，妳願意考慮我的請求嗎？」

他的請求就是去惠太死去的地方，代替他實現惠太最後的心願。

「……那個心願很重要嗎？」

「對你們所有人來說都非常重要。」

惠的眼神很認真。那雙眼眸和惠太一樣——和想要拜託重要大事時的惠太一模一樣。只有這種地方神似惠太，讓我覺得有夠狡猾。

惠太無法成佛的靈魂……

我確認了自己現在仍然想幫助惠太讓他好好安息後，用力揪緊襯衫的下襬，直視惠的臉龐說道：

「我要去，就算只有我一個人，我也要去。」

當天我就開始為遠行做準備。先是聯絡社團說要請假，然後告訴爸媽我們還是決定要去露營。如果讓他們知道我打算去惠太失足死亡的山區有點不太好，所以我隨口說了一個地名。聽到我說要和朋友一起去露營，他們還以為是跟莉乃和大輝他們一起，大概沒想到我所說的朋友……其實是惠太的分身吧？我邊打包不打算使用的露營用品，以便欺瞞爸媽的耳目，邊恍惚地思考著。

只要搭乘幾小時的電車，就可以抵達那座烏蝶山。藉由文明的力量便能輕易到達很遠的地方，這實在讓人覺得有點掃興。其實我也可以當天來回，但這麼做會讓爸媽起疑，所以我決定隨便找個地方住一晚。

「妳不找另外三個人一起去嗎？」

無所事事地看著我打包行李的惠問道。

「嗯……莉乃絕對不會答應，大輝和舜看起來也沒有興趣……我無法勉強他們。而且，只有我一個人去也沒關係吧？」

「是這樣沒錯。不過，大家能夠一起去的話，當然最好不過。」

「放心吧，我會加油的。」

加油？加什麼油？明明我根本不知道要加油什麼。

打包完行李，太陽也已經下山。我躺在床上，忽然覺得非常疲倦。最近發生太多事情，先是惠太下落不明，後來被人發現他的遺體；惠太的喪禮剛辦完，惠就忽然出現在我面前，接著明天要出遠門。不論是好還是壞，我從以前就總是被惠太牽著鼻子走。即使連他死後也不放過我，這的確很像惠太的作風。我十六年又多一點的人生，總有惠太相伴。

但是，現在仔細回想，那個天真爛漫地把我耍得團團轉的青梅竹馬，我對他真的有一半程度的了解嗎？惠太總是不提自己的事，表面上親切開朗地和人往來，卻從不讓人踏入他的心房一步。

「惠，我想再問你一個問題。」

我強忍睡意，恍惚地問道。

「什麼問題？」

「惠太總是不喜歡回家，我爸媽也很擔心他。他家裡是不是有什麼問題？你對那件事還有記憶嗎？」

惠用食指輕輕敲了三下太陽穴。

「……抱歉，我不知道。」

我搖搖頭。老實說，不用知道答案，讓我心裡稍微鬆一口氣。

「沒關係，謝謝你。」

向惠道謝後，我很快就沉入夢鄉。或許是累壞了，這次我似乎沒有作夢。

二十五日早上，我很早就醒來。明明睡了很久，身體卻感覺虛脫無力。又沒有從事肉體勞動，為什麼會這麼累？我用雙手用力拍一下臉頰，為自己打氣，然後下床。

穿上白色T恤和牛仔長褲，把頭髮在腦後紮成一束，看向鏡子，一個神情略顯不安的少女回看著我。我勉強擠出一個笑容後，背起沉重的背包走下一樓。爸媽已經起床了，向我道早安。他們臉上仍然帶有擔憂，但我刻意忽略，勉強把食之無味的早餐塞進嘴裡，接著忽然想到，不知道惠跑去哪裡？今天早上還沒有看到他。

「對了，妳朋友已經來囉。」

媽媽忽然說道。我把原本像黃金鼠一樣小口啃的吐司一口塞進嘴裡，差點噎到。

「咳！」

朋友？難道媽媽也看得見惠？

「他們好像在外面等妳，妳快點出門吧。」

我趕緊吞下吐司，抓起背包衝出家門。

在家門前看到大輝和舜睡眼惺忪地打哈欠時，我的心情很複雜。對於眼前的人不是惠而鬆一口氣的同時，也不禁納悶他們為什麼會來找我？我不知道該怎麼跟他們打招呼才好。

「美穗，早安。」

大輝先發現我，舉起手向我打招呼。

「你們怎麼會來……？」

「妳打算去烏鴉山對吧？」

「是烏蝶山。」

舜小聲更正，大輝則是滿不在乎地敷衍舜，接著舉起他的行李給我看。巨大的背包上還掛了一個捲起來的睡袋。

「咦？為什麼……？」

我一臉困惑，舜睏倦地說：「我們陪妳去。」舜也背了一個看起來很重的背包。

「我覺得妳會這麼做。因為昨天問妳的時候，雖然妳說不知道，卻是一臉下定決心的表情。」

「因為妳藏不住心事嘛。」

「玩抽鬼牌也很弱。」

「還有非常頑固。」

「一旦下定決心，就沒有人能動搖妳。」

「你、你們等一下！」

我揮手打斷他們的話。

「呃……也就是說，你們要跟我一起去嗎？」

大輝笑著點頭。舜則是一臉心不甘情不願的表情，但也點了點頭。

我心中泛起一陣暖意，同時對他們感到過意不去。都是因為我藏不住心事，才會害他們為我擔心。

「那個……你們真的不用勉強。」

「我們沒有勉強。惠太也是我的死黨，雖然我不信任那個叫惠的傢伙，但我還是無法漠視惠太的遺願。而且，我不能讓妳一個人去。」

大輝說道，舜雖然一臉不甘願還是點頭附和。

「但是，你們又沒有見過惠……」

不知為何，這時候大輝忽然露出一臉得意的表情。

「我們剛才見過了。」

「咦？」

我驚訝得張口結舌，同時感覺到頭上有一股輕飄飄的氣息。

「早安，美穗。」

惠臉上帶著淡淡的微笑，在我頭上飄來飄去。

相較之下，大輝似乎比較能接受惠的存在。他把惠當成不同於惠太、超乎尋常的事物，對於嘗試觸碰惠卻穿過他的身體一事也覺得很有趣。看不到惠的人看到這一幕，只會以為大輝把手伸向空無一物的空間而笑出來，對此感到很詭異而已。舜的反應則是和大輝完全相反。他似乎很害怕惠，不願意正視惠。

他們的反應和對惠毫不掩飾氣憤的莉乃截然不同，但都看得到惠。不過，大輝和舜都說惠看起來有一點透明，所以看得見惠的程度似乎因人而異。

「不過，這也表示惠太真的有把我當朋友。雖然有點透明，但我還是看得見惠。」

大輝稍微安心地說。或許大家都有感覺到，惠太心中其實有一塊不讓任何人踏入的領域。

「我們出發吧。」

大輝如此說著，率先邁出步伐。我已經確認過大家要搭電車去，以為要往雙町站的方向走，沒想到大輝卻走向完全相反的方向。

「咦？大輝，車站不在那個方向。」

我連忙提醒大輝，他卻沒有停下腳步。我問他要去哪裡，他說：「那還用問嗎？」並露出意味深長的笑容。

「去莉乃家。」

來到莉乃家門前，大輝忽然蹲下來，躲在圍牆的陰影處。

「你在做什麼？」

「噓！」

他把食指貼在嘴唇上，示意我不要出聲。

我也蹲下來，循著他的目光望去，下一秒便看到一個人影從玄關走出來。是莉乃。她背著一個巨大的背包，頭上戴著草帽。以莉乃的個性來說，那一身裝扮看起來很像要去戶外活動。

「……她正要出門吧？我們不要打擾她啦。」

聽到我這麼說，大輝再次露出得意的笑容。

「她的行動比我想像得還要迅速呢。」

「比你想像得還要迅速？」

「因為我跟她說，我們應該早上就會啟程。」

看到我滿臉疑惑，大輝笑著說：

「我的意思是，我應該知道莉乃的目的地。」

「咦？」

「我昨天有傳簡訊給她。」

「你跟她說什麼？」

「我說，美穗好像打算獨自跟那個分身去烏蝶山。雖然她只回我一句『是喔』，不過以她的個性，絕對不可能置身事外。」

「你好差勁。」

舜小聲批評。

……啊啊，我終於理解了。換句話說，莉乃那一身裝扮是這麼一回事啊。

我站起來叫住莉乃。

「莉乃！」

莉乃難得露出被嚇到的表情。以冷漠和冰山美人聞名的莉乃，其驚嚇的表情可是百年難得一見。

「……美穗？」

「還有我、舜跟幽靈。」

大輝開玩笑地說著站起身。莉乃先是一陣錯愕，然後把手貼在額頭上搖了搖頭。

「……大輝，我被你擺了一道。」
「我聽不懂妳在說什麼。」
「你知道我不可能拋下美穗不管，所以才故意傳簡訊給我吧？」
「我只是好心通知妳。」
大輝臉上露出得逞的笑容。
簡單來說，莉乃也跟大輝和舜一樣打包了行李，準備跟我一起出門。她之後本來應該是打算去我家找我。
「莉乃，這樣真的好嗎？畢竟惠也在……」
身為始作俑者的分身，此時一臉事不關己地在我身後飄來飄去。
「所以我才更不能讓妳一個人去啊。」
莉乃別開目光。
「……妳一個人去太危險了。妳那麼容易上當，頭腦又那麼差，心裡想的事全部寫在臉上。」
「好、好過分……」
「看來大家心裡想的都一樣。」

大輝笑著說道，舜和莉乃也笑出聲。

因為我的任性而把大家捲進來，雖然對大家感到過意不去，但我也忍不住跟著大家一起笑出來。這是在惠太的喪禮後，大家第一次聚在一起。我們有多久沒有一起歡笑了呢？總覺得心情很輕鬆，早上起來時感到的疲憊瞬間煙消雲散。

惠在離我們稍遠的地方用沉靜的目光看著歡笑的我們。

四個人（加上一個幽靈）走向車站（惠佯裝走路的樣子）。我們在車站前進入一間咖啡廳。咖啡廳裡也有少許客人，但沒有人對飄浮在半空中的惠有任何反應。惠曾說，只有和惠太親近的人才看得見他，我在此時感受到這句話的真實性。我們點了四杯冰咖啡，再次討論起路線。

「在這裡轉車比較好吧？雖然會增加轉車的次數，但可以節省不少時間跟金錢。」

「但是，轉車的時間只有一分鐘，錯過那班車，下一班要等到二十分鐘後，反而更浪費時間。」

「乾脆搭巴士去吧？到這個地方的話，會比搭電車還快，而且金額差不多。」

看到莉乃、大輝和舜討論得口沫橫飛，我安心地微微一笑。

「幸好大家有跟妳一起來。」
惠彷彿看穿我的內心般低聲說道。
「你怎麼說得一副事不關己的樣子？對你來說，這樣也比較好吧？」
「嗯。不過，因為妳看起來很高興，我才會那樣說。」
「我當然高興呀，畢竟一個人跟幽靈旅行還是會感到不安。」
「我才不是幽靈。」
惠語氣平淡地糾正，同時看向另外三人。
「他們在討論什麼？」
「討論該怎麼去烏蝶山。你要是在意，就跟他們一起討論呀。」
「還是算了吧。先不論大輝，莉乃和舜好像很排斥我……你們討論出結果了嗎？」
「嗯……現在他們在爭吵應該搭電車還是巴士去。」
「哦……」
惠似乎想說什麼，接著稍微提高音量說道：
「……對了，我忘記告訴你們。」
瞬間，大輝等人不約而同地看著我和惠，所以周圍的人一臉狐疑地看向我們。四名男女盯著空無一物的半空中，看來的確很詭異。我連忙把目光移向桌面，小聲詢問：

「什麼事？」

「我無法搭電車。」

「什麼？」

率先出聲的是舜。

「為什麼？你只要搭上電車不就好了？甚至還不用買車票，愛搭到多遠就能搭到多遠。」

「怎麼搭？」

惠一臉覺得好笑的表情反問。相較之下，舜則是一臉理所當然的樣子說道：

「像平常一樣坐在電車的椅子上……」

「坐在電車的椅子上？」

惠邊說邊坐在空著的椅子上——我想應該是故意的——他的身體直接穿過椅子，佯裝出一屁股跌坐在地上的樣子。

大約過了兩秒鐘我才驚覺。

「對了，惠沒有實體……」

惠說：「答對了。我沒有『搭乘』的概念，更根本的問題是沒有實體。假設我搭上電車，坐在空的座位上——應該說假裝坐下——當電車開始行駛，你們想會發生什麼事？」

「……你會維持相同的姿勢被留在原地。」

聽到莉乃喃喃回答，惠點了點頭。

「我會穿透所有東西，不論是車子還是飛機。如果我能用跟交通工具一樣的速度移動那倒也罷，偏偏即使用飛的，我的移動速度還是跟一般人步行的速度沒有兩樣。」

「不然，你該怎麼做才能跟我們去？」

我忍不住反問，惠則是一臉認真地回答：

「用走的。正確來說，是做出走路的樣子。除此之外，我別無選擇。」

「別開玩笑！」

莉乃憤怒地說道。

「為什麼我們非得配合你走路不可？告訴我們地點，我們自己去！」

惠搖了搖頭。

「地點在深山裡，沒有明確的路標，就算看地圖我也不知道在哪裡，所以還是直接帶你們去比較快。很抱歉，我已經沒有時間了，依照我的指示用走的，這是最快抵達的方法。如果我沒有記錯，應該只要三天便能到達，勉強來得及。」

「我們可以搭交通工具到最近的地方吧？」

聽到要走三天似乎讓舜很不高興，所以他插嘴說道。

「如果你們之後找得到我，要搭交通工具去也沒有關係。總之，我無法搭乘交通工具。還有，到達烏蝶山後，如果沒有我的指引，你們也走不到目的地。我希望你們記住這一點。」

聽了惠說的話，我們陷入一陣苦思。不過，這時候我思考的事情大概跟其他人不太一樣。我想的是惠剛剛說的話語所包含的意思。惠說「如果我沒有記錯」，換句話說，那是惠太的記憶。為什麼惠太的記憶裡會有「徒步三天能走到烏蝶山」的情報？

「……惠，我問你，惠太該不會是用走的吧？」

大家瞬間陷入一片沉默，彷彿在說：「妳在說什麼傻話？」

大輝立刻打圓場，笑著說道：

「不對不對不對，就算他老是吵著說自己很窮，但也不可能窮到連搭電車的錢都沒有吧？」

「不，美穗說得沒錯。」

大輝的笑容因惠的回答消失。

「惠太的確是用走的。理由我已經不知道了，但我還記得路。事實上，我也是循著記憶中的道路回頭走才找到你們。美穗說得沒錯，惠太的確是一路走到烏蝶山。」

大輝、莉乃和舜驚訝得啞口無言，大概很疑惑為什麼惠太要這麼做吧。我也有同樣的疑問，為什麼惠太要刻意選擇一條那麼費時費力的路？不過，以他的個性來說，或許只是一時興起吧？這一點的可能性非常高。抑或他有無法搭乘電車的理由，雖然我想不出來那個理由是什麼。

總而言之，惠太是靠著雙腳走到烏蝶山，而惠也要用走的前往目的地。

「你打算沿惠太走過的路走去烏蝶山嗎？」我問。

「對。惠太是走最短的距離前往烏蝶山。」

「他沒有走只有幽靈才能通過的路？」

「你是指用飛的或穿越建築物嗎？在我的記憶裡只有惠太走過的路，沒有其他路徑。與其背負迷路的風險，不如沿著惠太走過的道路。」

「嗯……你說得有道理。」

大輝、莉乃和舜都一副欲言又止的樣子，擔心地看著我。

啊啊，我一定又把心裡想的事寫在臉上吧？我忍不住低下頭。結果我又打算一意孤行，即使如此——

「我……我想跟惠一起用走的。」

我抬起頭說道。

「我想知道惠太在想些什麼，以及他走過什麼樣的路。」

為什麼惠太要隻身前往那個地方？他在想什麼？走過什麼樣的道路？我有一種只要依循他走過的路走就能知道答案的感覺。

「啊，不過，大家可以搭電車去，畢竟這是我任性的決定。只要在那裡會合就行了吧？我有帶手機，可以隨時保持聯絡……」

我連忙解釋，想化解尷尬。其他三人互看了一眼，然後不知為何大聲嘆一口氣。

「咦？什麼？怎麼了？」

「……我們不是說過，不能讓妳一個人去嗎？」

大輝搔搔頭。

「美穗，妳完全沒有察覺到自己的處境有多危險。」

莉乃一臉無奈。

「但是，一旦說出口，又聽不進任何話。」

舜膽怯地瞄了惠的方向一眼，然後聳肩。

大輝彷彿代表大家，輕輕把手放在我的頭上。

「我們不是說過要一起去嗎？既然妳要用走的，我們也用走的。」

我無法抬起頭。

結果總是這樣。當我有麻煩的時候，大家都會對我伸出援手，但我從來沒有為他們做過任何事，對惠太也是一樣。所以我才會想，至少要幫惠太完成最後的心願，偏偏這點又無法靠自己的力量完成。我真的好窩囊、好沒用。即使如此，我還是忍不住高興得竊笑，所以才無法抬起頭。

「對不起……但是，謝謝你們。」

最後，我好不容易才把臉抬起來，對大家笑著說道。大輝和舜也笑了。

「與其向我們道歉，我比較希望妳說要搭電車。」

莉乃吐嘈，然後把臉別向一旁，彷彿要掩飾自己的難為情。

*

就這樣，我們踏上了旅程。

在高二的暑假，我們踏上追尋惠太腳步的旅程。

第二部

看星星的人

When the night has come
And the land is dark
And the moon is the only light we'll see
No I won't be afraid
Oh, I won't be afraid
Just as long as you stand, stand by

So darling, darling
Stand by me, oh stand by me
Oh stand, stand by me
Stand by me

1. 槙本舜

聽到「橫山集團」，知情的人都會異口同聲地說：「哦，那個感情很好的五人小團體啊。」以隸屬排球隊、身材頎長的橫山大輝為首，加上交遊廣闊、身為田徑隊王牌的結城惠太，負責監視惠太的花野美穗，以及冰山美人優等生西園莉乃。他們四個人的感情很好，惠太、美穗和莉乃念同一所國中，而位處小團體之首的大輝本來就很有領袖氣質。他們四個人在一起時，笑聲總是不絕於耳。

但我呢？

「槙本舜」這個名字在橫山集團裡好像是最不起眼的。

我、惠太和美穗都隸屬田徑隊。我們高中同班，所以自然而然常在一起鬼混，結果就演變成我也成為橫山集團的一分子。但是，我不像大輝和惠太一樣氣味相投，也不像美穗和莉乃一樣互相信賴，感覺真的像是他們給我一個容身之處，讓我待在那個地方而已。

當然，我沒有受到任何排擠。五個人在一起的時候真的很開心，我也很喜歡大家。校園生活的派系很殘酷，沒有加入有力的團體，在教室裡就會顯得格格不入。他們四個人並沒有意識到所謂的派系，不過以客觀的角度來看，橫山集團的地位很高，所以能夠加入橫山集團，讓對派系很敏感的我因此鬆一口氣。

不過，我對其中一個人有心結亦是事實……

從雙町出發後，我便一直怒瞪著惠的背影。

*

「惠有惠太的記憶嗎？」

大輝問道。惠像夏天的雲朵一樣飄浮在半空中，回過頭來面對我們向後飛。

「我有，不過很多都不記得了。」

「要不要試試看？」

「試什麼？」

惠不解地偏著頭。

「雖然你說惠太的記憶已經逐漸消失，但這會不會只是藉口，其實你什麼都不知道？我們還沒有相信你，所以你必須證明給我們看。」

「原來如此，你說得也有道理。」

惠點頭表示同意。

「不過，真的回答不出來的事，我無法回答。假使你問的問題全都是記憶消失的那一部分，我就無法回答你。」

「只要能回答得出一個問題就行了，我不會問很難的事。那麼，第一個問題……」

大輝雙手環抱在胸前，然後冷不防指向走在身旁的美穗。

「美穗的數學期末考考幾分？」

美穗忍不住哀號。

「喂！為什麼要問那種問題？」

大輝笑著回答：

「因為那應該是最近讓人感到最……第二衝擊的事。」

莉乃點頭同意，美穗哭喪著一張臉。我也苦笑著搜尋記憶，記得美穗的數學分數是二十三分。

「二十三分。」

惠不假思索地回答。

「唔……為什麼會記得這種事啦！」

美穗沮喪地說。

「你答對了。不過，這可能只是湊巧，再問你一題。」

「大輝的地理考幾分？」

美穗彷彿要反將一軍，蓋過大輝的聲音大聲說道。

「啊？喂！」

「二十一分。」

惠輕笑著回答。

「你們兩個簡直是不分上下。」

他們簡直像在比誰考得比較低分一樣。這件事有好一陣子成為我們的笑柄，所以我記得很清楚。

「我也可以問你問題嗎？」

這次換莉乃舉起手。

「請說。」

「國三的八月一日，惠太對我說過什麼話？」

這個問題非常耐人尋味。惠用手指輕敲太陽穴三下，最後搖頭說：

「……我不知道，抱歉。」

「這個問題感覺好像沒有那麼單純耶。莉乃，惠太對妳說過什麼話？」

大輝好奇地探出身體，莉乃則聳肩說那是祕密。雖然我也很在意，但我知道莉乃不肯說的時候，絕對不會透露半個字。

「舜，你也問點什麼吧。」

莉乃忽然對我說道，我滿臉不悅地怒瞪著惠。

想問他什麼問題？我沒有問題想問他。大輝和美穗的問題，大致上已經證明惠擁有惠太的記憶。

「……惠太對我有什麼看法？」

當我回過神來，才發現自己脫口而出這個問題。大輝和莉乃露出怪異的表情，只有美穗似乎察覺到不對勁。

惠沉默了半晌，然後直視著我開口回答：

「……我不知道。」

一陣苦澀在我的口中擴散開來——那是一種想知道，卻又不敢知道，五味雜陳的苦澀。

「……是喔。」

我把頭撇向一旁，逃避其他人追問的目光。

我們邊走邊休息，默默沿著鐵軌走了兩個小時，行經約莫四站的距離。這點距離搭電車不用二十分鐘就到了，總覺得這樣走非常浪費時間。

「感覺好像《伴我同行》的劇情。」

我們通過第五個車站時，美穗忽然如此說道。她看起來心情很好。

「我記得那是史蒂芬·金的作品。」

莉乃接著說。

「史蒂……什麼？」我問。

「史蒂芬·金，是這部作品的原作者。」

「你們在講的《伴我同行》是什麼？」

大輝似乎連這部電影的名字都沒有聽過，所以美穗開始說明：

「那是一部電影，故事敘述四個男孩子在夏天為了尋找屍體踏上旅程。他們走在鐵軌上，中途有時起爭執，有時差點被火車撞到……」

「你應該聽過主題曲吧？那首歌很有名。」

莉乃哼起旋律，大輝才恍然大悟地說：

「哦！我好像看過……他們最後開槍射殺壞人對不對？」

「沒有殺死壞人，槍只是用來威脅對方。」

「你們不覺得很多電影都是在最後開槍射死壞人嗎？」

我點出這個傾向。大部分的電影內容都是勸善懲惡，壞人被正義的一方用手槍或拳頭擊倒。

「說得也是。」

大輝笑著說道。

「確實，現在的情況很像《伴我同行》，不過我們並不是去尋找屍體，而是前往屍體被發現的地方。」

「而且不是走在鐵軌上，是沿著鐵軌走。」

莉乃接著指出相異的地方。

「細節不重要，重要的是氣氛！」

美穗似乎很重視那種很像《伴我同行》的感覺。

「惠太好像很喜歡那齣電影。」

惠冷不防開口插話。一路上從不積極和我們聊天的他難得開口。莉乃的臉上閃現一抹不悅，不知道是不是我多心。

「啊，我也知道。」

美穗自信滿滿地說道。

「別看惠太那樣子，他其實很喜歡看西洋電影和聽西洋樂曲，比賽前總是在聽班・伊・金（Ben E. King）的歌。」

「好老氣，一點也不像他。」

大輝苦笑著說。

「為什麼他的興趣那麼冷門？是受到父母的影響嗎？」

「這個……我也不知道，惠太不太提起家裡的事。」

「他喜歡《伴我同行》……所以才會用走的嗎？」

大輝看著筆直延伸的鐵軌，喃喃說道。

「不過，他並不是去尋找屍體吧？」

莉乃冷冷地吐嘈。這時，我內心角落有個聲音在說，如果真是這樣就好了。惠太在模仿電影裡尋找屍體的旅程中，自己反倒變成屍體——如果他真的死得這麼愚蠢，我就不會因為惠的存在而心煩意亂。

惠太的死對我來說，和對其他三人有不同的意義。

接近傍晚時分，我們抵達從雙町站延伸的鐵軌終點所在的市鎮。雖然那個市鎮有正式的名字，但是我們總是叫他「大城市」。雖說雙町也是頗具規模的都會，但跟「大城市」相較之下還是小巫見大巫。想要稍微出個遠門或是盡情購物的時候，雙町的高中生都會來到大城市，所以到這裡的路我們還算熟悉。

「今天我們在這裡過一夜比較好。」

大輝如此提議。在這種時候，大輝也很自然地發揮領導能力。

「說得也是，好久沒有走那麼多路，好累。」

唯一不是隸屬於運動社團的莉乃揉著腿。雖然她沒有表露出來，但應該累壞了。美穗則是前幾天才暈倒過，所以也不能太過勉強。

「趁還有力氣的時候，再多趕一點路比較好。」

惠說出這句沒神經的話。我煩躁地瞪著他。

「我們跟輕鬆地浮在半空中的你不一樣，肉體已經筋疲力盡。追根究柢，都是因為你不能搭電車，才會害我們必須用走的吧？」

惠面不改色地回答：

「決定要走路的人應該是你們才對，我也說過你們可以搭電車去。」

「是這樣沒錯，但是……」

不過是個幽靈，囂張什麼？

「舜，你們別吵了。」

莉乃出聲制止。

「反正我們必須一起行動，就算他一個人到達烏蝶山也派不上用場。所以想休息的時候就好好休息，不要理他。」

說得有道理，不愧是莉乃。

惠聳聳肩，大輝決定在這裡休息一晚。

「接下來該怎麼做？我們有帶一整套露營用具，要露營也可以……」

「在大城市裡露營？」

莉乃露出不悅的神色。

「惠太當時是怎麼做的？」美穗問：「惠，你知道嗎？」

惠語氣平淡地回答：

「惠太在這個市鎮過了一晚，好像是在漫畫網咖裡過夜。」

「漫畫網咖？」

「我們還未成年，不能這麼做吧？」

莉乃說得沒錯，但這時候大輝忽然插嘴說道：

「等等，我聽我哥說過，有一間漫畫網咖的店長很隨便，確認方面很鬆散，要不要登錄會員都隨客人高興，也不會檢查身分證。只要不是長得太娃娃臉或身穿制服，住一晚應該沒有問題。我記得好像跟惠太講過這件事。」

「我們要在那間漫畫網咖住一晚嗎？」

「先去看看再說，我來帶路。」

那間漫畫網咖店孤伶伶地佇立在陰暗的小巷子角落。

我們在超商買了晚飯，晚上七點左右進入漫畫網咖。那間漫畫網咖跟大輝說的一樣，看起來似乎是店長的男人連我們的臉也沒有確認，一臉嫌麻煩地辦完手續就讓我們進去。有兩張雙人用的可平躺式座椅，我們打算分成男生組、女生組各用一張。和美穗與莉乃分別後，我和大輝走向我們的包廂。

我放下行李，在四個角落都嚴重磨損的椅子坐下。大輝轉動著肩膀說：

「一直背著背包，害我肩膀好僵硬。」

我面朝上躺下，老舊的座椅發出不吉利的吱軋聲。我終於知道這間漫畫網咖檢查很鬆散的原因。

「沒想到惠太走了這麼遠的路。他短跑雖然很快，但體力其實很差。」

「他大概是想……反正又不是用跑的，應該走得到。」

我邊不置可否地回答，邊在行李中翻找換洗衣物。我拿出藍色的運動外套，那是田徑隊的外套，我想剛好可以拿來穿，所以就帶來了。

「我忽然想到，像這樣和你獨處還滿稀奇的。」

「咦？」

我猛然抬起頭，大輝瞬間露出略微尷尬的表情。

「因為……我會跟惠太一起去唱卡拉ＯＫ，卻沒有和你一起做過什麼事。」

「哦……大概吧。」

其實不只是大輝，我幾乎不曾和朋友單獨出去玩。

「舜，你曾和惠太一起出去玩嗎？」

我感覺到自己皺起眉頭，所以佯裝整理背包裡的東西，躲開大輝的目光。

「沒有。」

「為什麼？」

「沒有為什麼……只是沒有機會而已。」

「你們不是在同一個社團嗎？想約的時候隨時可以約吧？」

「我不會約他，他也不會約我。」

「……我從以前就一直在想……」

大輝的聲音似乎有點緊張，不知道是否是我多心。

「我們五個人在一起的時候，你也不太跟惠太說話。」

當我回過神來，才發現自己伸入背包裡的手停下動作。

「我沒有跟他交惡，只是……我們的交情沒有好到會單獨出去玩。」
交情沒有好到會單獨出去玩，那麼，我們之間是什麼交情？我不知道惠太對我有什麼看法。他會跟大輝兩人去唱卡拉ＯＫ，但不會跟我去。我想，這已經說明一切。
我感覺到身後的大輝站起來。
「舜，我想再問你一個問題。」
「什麼問題？」
「惠太過世前，你跟他之間發生了什麼事？」
我的肩膀一僵。
「……沒有啊。」
「可是這一個月來，你很明顯地在跟他冷戰。」
「你剛才不是說了嗎？我本來就不太跟他說話。」
「不太跟他說話和冷戰是兩回事。」
拙劣的敷衍似乎無法打發大輝。我回頭看向他，發現他用排球比賽時認真的眼神看著我。
「我也問過惠太跟你發生了什麼事，他只說『沒什麼』，不肯多說。美穗也叫我不要插手，所以我跟莉乃才一直保持沉默。」

莉乃跟大輝是故意默不作聲的嗎？不知不覺間，我也讓美穗為我費心了嗎？

我的心中感覺很是鬱悶。

——××××××。

尖銳刺耳的聲音迴盪在耳朵深處。聽到那個聲音，我的思緒便會在瞬間切換到地區預賽——那場決定惠太出場全國高中生運動大會的決賽。直到現在，我有時仍會夢到那時候的事。那對我來說是一場夢魘。看到惠太死去臉龐的那一天，我一整夜都沒睡好，但至少不會夢見他。讓我輾轉轉眠的夢魘才是最棘手的。

那是惠太生前，我跟他說的最後一句話。那一刻，所有表情都從惠太臉上消失，只留下一張沒有任何表情的「臉龐」，接著，惠太臉上浮現情緒的殘渣般、難以言喻的平淡笑容，直到現在仍清晰地烙印在我的記憶裡。

若問我和惠太之間是否發生了什麼事，應該算是有吧。但是現在，真的只能說是過去式了，因為我已無從彌補，也無法當作沒有這件事，更沒有辦法解決。所有的可能性都被惠太帶走，和他一起沉入烏蝶山的深邃森林裡。

「你對惠表現出的焦躁和害怕，也跟那件事有關嗎？」

大輝仍然看著我。
「你討厭惠太嗎？」
我始終不吭聲，最後大輝嘆了口氣。
「舜，你跟惠太之間的事，與他隻身前往烏蝶山是不是有關？如果有的話——」
我別開臉，不耐煩地說道：
「美穗不是叫你不要插手嗎？」
大輝至少說中了一件事。
那就是我一直很討厭結城惠太。

*

第一次和惠太一起跑步，是在國一的時候。
我記得好像是某個紀錄賽，項目是一百公尺短跑，八個人同時起跑。那時候，我只覺得右邊的小子一副弱不禁風的模樣。中性的長相、纖細的四肢，明明在練田徑居然還留長髮。並不是說他看起來輕佻，但是那種外表就是會讓人很火大。

他不是我的對手——我做出這個結論，逼自己別開目光，提醒自己小心不要被左邊跑道的跑者——田徑強校的三年級跑者的起跑所影響。

但是當比賽開始，在鳴槍響起的同時率先衝出去的不是左邊，而是右邊的跑者。電光石火間，有如閃電般奔馳而出，不讓第二名縮短距離，展現了震懾人心的實力。當時的我忍不住心想，希臘神話中長髮隨風飄逸的荷米斯，應該就是這副模樣吧？

那個荷米斯就是結城惠太。他快我零點二秒率先抵達終點。或許有人覺得不過是零點二秒而已，但在一百公尺短跑的世界裡，零點二秒有如天壤之別。短跑項目中的跑者，都是在以零點零一秒為計算單位的世界中一較高下。為了縮短比眨眼還短的時間，每個人沒日沒夜地練習。零點二秒，是我求之不得的零點零一秒的二十倍。這是我無法跨越的鴻溝。我已經是一年級裡跑得最快的人，這是我唯一引以為傲的事，所以每天都很努力練習，結城惠太卻在遙遠的上方悠然自得地翱翔。當時的感覺已經超越絕望，我只能乾笑。

在高中第一次碰見他的時候，惠太似乎不記得我了。國中的時候，因為校區很近，我們一起比賽過幾次，但是身為全國大賽選手的惠太，和在縣大賽成績差強人意的我，本來就是兩個世界的人。我明明知道，卻無法釋懷，所以面對惠太的態度一直都很彆扭。我們同班，又參加相同的社團，因為美穗居中協調，我才跟他們聚在一起，加入橫山集團。然而，我從來沒有像其他人一樣，和惠太一起歡笑。那不只是因為田徑隊的關係。惠太跟其他三個人的感情比跟我還好，就連被班上任何男生攀談時都保持一貫冷淡態度的莉乃，也只有在面對惠太的時候，才會放鬆她冷硬的表情。

我知道這是不合理的怨恨、嫉妒、妒恨、自卑。不論說法為何，都是一種醜惡的情感。惠太從來不曾向我炫耀他的才能，也不曾嘲諷過我，我知道他真的是個比我好上百倍的人。

但是，我還是只能討厭他。因為不這麼做，我會開始討厭跑步。

*

聽說這裡可以淋浴，我們便輪流去洗澡。大輝留在包廂，我走向櫃檯，再次面對毫無幹勁的店長，表明我想使用淋浴間。

跟田徑隊的練習相比，今天走的距離不算遠。不過淋到溫暖的熱水，緊繃的身體還是逐漸放鬆下來。大輝說我對惠表現出焦躁和害怕——事實上的確如此。只要惠在身旁，我就無法保持冷靜。

走出淋浴間時，我剛好遇到莉乃。她好像和我一樣剛淋浴出來，濕漉漉的頭髮散發出洗髮精的香味，我忍不住心跳加速、全身僵硬。莉乃看到我，對我說道：

「咦？你也來淋浴嗎？」

「嗯，對啊，因為流了不少汗。」

「我們走了很遠的路，現在又是夏天，很容易流汗吧？」

「妳的腳還好嗎？」

「嗯，應該不要緊了，謝謝你。」

莉乃露出淡淡的微笑，害我再次心跳加速，無法正視她的臉。如果對象是美穗，我還不至於有這種反應，因為美穗總是面帶笑容，喜怒哀樂全部表露在臉上。但是莉乃平常很少笑，警戒心又強，讓人難以親近。她的個性冷漠，所以偶爾不經意地露出笑容時……會讓人很難保持冷靜。

「對了，舜，你穿那件外套不太妥當吧？」

「咦？」

我立刻低頭看自己的衣服，身上穿的是剛才從行李拿出來的田徑隊運動外套。

「咦？哪裡不妥當？」

莉乃嘆一口氣，輕輕拉扯外套下襬。

「背上寫著大大的 FUTAMACHI HIGH SCHOOL（雙町高中）。」

「啊！」

這是稍微用點腦子就能明白的事。雖然這間漫畫網咖的店長不會確認年齡，但穿著繡有高中名字的運動外套晃來晃去，極有可能被店員叫住，尤其是晚上。外套左邊的袖子上甚至還繡了我的名字。

「在包廂裡還沒關係，但是在可能被店員看見的地方，還是脫掉比較好吧？」

「說得也是……」

連這點小事都想不到，我不禁詛咒起自己的愚昧。在我緩緩拉下外套拉鍊的時候……

「咦？那件外套是——」

聽到這個陌生的聲音，我嚇得差點跳起來。眼前的莉乃把手覆蓋在眼睛上，彷彿在說：「被我說中了。」

「咦？啊，不是啦！」

我實在不應該立刻轉身，這麼做好像在隱藏背部一樣。我聽見背後傳來莉乃的嘆息。

完蛋了，為什麼我總是被撞見丟臉的一面？

「你在慌張什麼？高中生在這個時間進來也沒關係吧？」

站在我面前的是一名染著明亮金髮的男店員，他對我露出意味深長的笑容。

「還是說，你打算在這裡過夜？」

莉乃不斷拉扯我的袖子，然而，我的腳像是生根一樣，只能呆立在原地。額頭冒出的冷汗，滑落剛淋浴過的臉頰。怎麼辦？店員一定看到我外套上的學校名字了。我們會被趕出去嗎？

「啊，你不需要那麼提防我。」

我用像在怒瞪殺父仇人般的眼神瞪著店員，店員舉起雙手。

「即使高中生想在這裡過夜，我也不在意。我以前也曾在這裡過夜，之前同樣有看似高中生的人睡在這裡。」

我不禁睜大雙眼，店員見狀對我露齒一笑。

「那個人穿著同樣的運動外套，所以我才忍不住叫住你。你們學校現在是在流行離家出走嗎？」

我和莉乃不約而同地看了對方一眼。

「穿了同樣的運動外套？」

四個人擠在男生的包廂，提起店員說的話，大輝發出怪叫聲。

「對，店員說是一對男女，其中一個人穿了同樣的運動外套。」

莉乃邊指著我身上的田徑隊運動外套邊說明。

「所以……」

「……那個人應該就是惠太吧？」

美穗和大輝同時露出複雜的神情。

「那個女孩子是誰……」

美穗突然發出可憐兮兮的聲音。

「是他在途中釣到的女人嗎？」

大輝開玩笑地說。

「感覺不太妙。帶女人來網咖，給人一種犯罪的感覺。」莉乃說。

「別說了，莉乃，我們問惠就知道……」

美穗看起來坐立不安。惠沒有跟我們一起進來漫畫網咖，所以無法立刻質問他。

「惠太到底是為了什麼才會去烏蝶山？而且還帶著女人同行，感覺更讓人摸不著頭緒……」

瞬間，大輝瞪我一眼，然後說道：

「無論如何，店員的話證明惠太曾經在這裡過夜，知道這一點就夠了吧？雖然我有點在意那個女孩子是誰……」

睏倦的莉乃強忍著哈欠。

「惠太瞞著我們一個人跑去烏蝶山，卻帶了個不認識的女孩……」

美穗喃喃說道。

「或許正因為我們不認識，所以才帶著她一起去吧？」大輝說。

「感覺好複雜……」

美穗「心情複雜」的程度大概遠高於我們。

氣氛頓時變得有點尷尬，因為大家都對惠太一無所知。我們現在追尋的，其實是大家不知道的結城惠太。隨著這趟旅程繼續下去，我們對惠太的了解好像會逐漸改變。

「別再說了。」

最後是莉乃先開口結束這個話題。

「再怎麼想也無濟於事，繼續旅行下去，或許就能揭曉這些謎底。大家都累了，今天先休息吧。」

話題就此打住。然而店員提供的情報，在每個人心中激起一陣漣漪。

*

隔天早上，我們離開漫畫網咖，便看見惠浮在半空中等我們。一看見惠，我忍不住揉了揉眼睛。不知道是不是我多心，總覺得他的身影變得比昨天還要透明。是我的錯覺嗎？

「惠！你知道跟惠太一起旅行的人是誰嗎？」

美穗開門見山地質問，莉乃一臉無奈地搖頭，大輝則是一臉苦笑。我跟昨天一樣，和惠保持微妙的距離。

「抱歉，我不知道。」

聽到惠簡短的回答，美穗顯得很沮喪。我早就料想到會有這種結果。惠總是不記得重要的事，真是不中用的傢伙。

離開「大城市」後，我們遠離軌道，沿著國道繼續前進。汽車在護欄的外側呼嘯而過，我知道這條國道的盡頭連接著海洋，那是一座知名的海水浴場。現在是夏天，行駛在這條國道上的汽車，目的地應該都是那座海水浴場吧？在炎炎夏日之中，徒步前往沒沒無聞的深山的我們，正在做與世人背道而馳的事。真是蠢斃了。我邊怒瞪惠的背影，邊擦拭額頭上的汗水。

「不知道惠太希望我們幫他找到什麼。」

走在最前方的大輝冷不防喃喃自語。

「你何必忽然提起這件事？」

莉乃不悅地顰起秀眉。

「因為……地點是在深山裡吧？所以……他要我們找的東西是遺物嗎？」

「遺物……」

美穗的聲音帶有一絲茫然。

「如果是遺物，應該會跟他的遺體一起被發現吧？」

「說得也是……惠，快告訴我們，你到底要我們去尋找什麼？」

惠不發一語，美穗也一樣。我不禁思考惠太希望我們找到的東西，他最後的心願。

「……或許這是他的復仇。」

半晌，我才發現自己下意識地說出這句話。

「復仇？」

美穗驚訝地猛然轉頭看我。

「什麼意思？」

「啊，不是啦……」

我頓時心慌意亂。大輝細瞇起雙眼看著我，所有人都停下腳步，只有惠事不關己地、輕飄飄地爬上緩坡。

「只是……」

「什麼？」

我一時語塞，想不出能夠敷衍他們的話語。

「或許吧。」

出乎意料之外的人物對我伸出援手，我下意識地抬頭。

是莉乃。

平常總是喜怒不形於色的她，現在的表情卻彷彿在忍受某種痛苦而扭曲。

「……不是不可能。」

連大輝都說出這種話。

美穗一臉茫然地依序看向每個人。

「大家怎麼了？你們做了什麼會被惠太怨恨的事嗎？即使真的有，但你們說惠太為了復仇而留下惠……我、我實在不願意這麼想……」

美穗沮喪地垂著頭。這時候，惠終於停下腳步回過頭來，發現我們沒有跟上。陡坡上，以夏日藍天為背景，模糊得看似海市蜃樓的惠，讓我感到無端煩躁。

為什麼你是惠？

如果你是惠太，很多事就能夠用更容易、更單純的方式解決。就因為你是惠，一切才會變得如此錯綜複雜，害我們心煩意亂。

因為你跟惠太長得一模一樣，所以讓我很害怕。

但又因為你不是惠太，所以也讓我很煩躁。

「我一直在思考惠太為什麼會去旅行。」

大輝喃喃說道。

「我一直在想……雖然他是意外死亡，但其實會不會……」

「別再說了！」

美穗用幾近尖叫的聲音叫喊，全身顫抖。莉乃不發一語地摑了大輝一掌。大輝茫茫然地按住臉頰，然後用泫然欲泣的聲音道歉。

「……對不起。」

我也下意識地跟著道歉。

我想，害美穗露出那種表情的人不是大輝，而是我。

上午晴朗的天空，到了中午逐漸轉為陰天。

我們在樹蔭下休息，蟬在我們頭上唧唧鳴叫。痠疼的疲憊包裹著腳，這種感覺像田徑隊集訓的第二天。涼風徐徐，我卻止不住身上的汗水。空氣變得沉重，彷彿熱度帶有質量，也或許是因為我對上午的對話耿耿於懷。

我獨自坐在距離大家稍遠的地方。從那之後，美穗顯得落落寡歡，莉乃寸步不離地陪著她，大輝則是和我一樣獨自站在距離大家稍離的地方若有所思。我們已經分崩離析。自從惠太不在、惠出現之後，我們的關係好像變得很不協調。
倏地，某個東西從我頭上落下，我嚇得向後跳。那個東西激烈地拍動翅膀——是蟬。牠在草叢裡爬來爬去，無法飛起，可能快死了吧？
死亡。
惠太死了。
失足摔落懸崖，頭部受到劇烈撞擊，在一瞬間死亡。他是否曾像這隻蟬一樣，甩動手腳在地上匍匐，做了垂死的掙扎？惠太是如何接受這段短暫的人生？瀕死之際，他在想些什麼？又是懷抱什麼樣的心願而留下惠？
——××××××××。
好想吐。
我真的吐了。
充滿嘔吐物的口腔裡瀰漫罪過的味道。
「你還好吧？」
背後傳來一個聲音。該死的分身，你在嘲笑我嗎？
——××沒×你×××。

糟糕，一聽到那傢伙的聲音，遮掩心聲的「×」就開始剝落。

「你走開！」

我斥喝。

「……你為什麼總是對我充滿敵意？」

惠一動也不動。我想推開他，伸出的手卻穿過他的身體。對了，我碰不到他。

「理由不重要吧？快滾！」

——要×沒××××了。

別再說了，我不想聽。

「你討厭惠太嗎？還是討厭我？」

居然問了跟大輝一樣的問題。

「有差嗎？答案是什麼都一樣吧？」

「不一樣，因為我不是惠太。」

「那又怎麼樣？」

我煩躁地大吼。

大輝和莉乃都轉頭看我，惠則是面不改色。

——要×沒有××好了。

「我才要問你，『惠』到底是什麼東西？分身又是什麼玩意兒？為什麼你不是惠太？你太狡猾了吧，頂著惠太的臉忽然出現在我們面前，叫我們實現惠太的心願。美穗根本不可能拒絕你！既然美穗執意要完成惠太的心願，我們也不可能讓她一個人跟你走！」

一開始，我以為那只是惠太的遺言。所以，部分是擔心美穗，因而想要實現惠太的遺願。如此一來，也能減輕一直潛伏在我心中、對惠太懷抱的罪惡感——當初真的只是懷抱如此單純的心情。

然而見到惠之後，一切都變調了。惠太最後的心願一定是復仇，對我的復仇。這種做法我比較能理解。不可思議的是，為什麼我一直沒有察覺？

畢竟我曾對惠太說過很傷人的話。

要是沒×你×好了。

心臟快要爆裂。

要是沒有你×好了。

所有「×」剝落。

要是沒有你就好了。

我聽見自己在那天說的話。

「惠太，要是沒有你就好了，不然就不會演變成現在這種局面！」

我破口咒罵，然後愕然地僵在原地。

所有表情從惠的臉上消失。沒有任何情緒，變成一張純粹的「臉」，最後浮現出淡淡的笑容，有如因夏天的炎熱而融化的冰品。

要是沒有你就好了。

要是沒有你就好了。

要是沒有你就好了。

心跳快得如撞警鐘，劇烈得幾乎要因此破裂。感覺像在更新自己最佳紀錄的短跑比賽中一般卯足全力，鈍重的疲憊感和嘔心感陣陣壓迫我的胃。

快逃！逃離惠，或是惠太、美穗、莉乃、大輝！

「舜！」

那大概是美穗叫喚我的聲音。

我拋開一切，朝走來的路跑去。不斷奔跑，恍惚當中感覺到雙腿疾速擺動，那恐怕是我人生中奔跑得最快的一次。

我跑離馬路，藏身在樹蔭下，然而美穗彷彿擁有千里眼，很輕易地找到我。

「舜……」

「妳怎麼知道我在這裡？」

「我當然知道，因為你很不擅長玩捉迷藏。」

「我曾跟妳玩過捉迷藏嗎？」

「在田徑隊的合宿時玩過，當時是惠太提議的，不過正確來說，當時是玩鬼捉人。」

「哦……」

惠太說玩鬼捉人也可以成為訓練的一環，所以我們像神經病一樣不斷奔跑。當鬼的人找到躲藏的人之後，還必須觸碰到對方才行，我跟惠太都很不擅長躲藏但跑得很快，所以鬼一直碰不到我們，只能氣得對我們噓聲連連。

「妳記得真清楚。」

「當然呀，因為那時候你跟惠太真的玩得很開心。」

「是嗎？」

「是呀。」

半晌，我才抬起頭，看見美穗對我微微一笑，但我覺得她在強顏歡笑。

美穗的心思很細膩，對他人的心情很敏感，卻對自己很遲鈍。她就是這樣的女孩。正因為如此，有時候無法對其他三人說的話，反而能對她說。

「……我跟惠太吵架了。」

我喃喃說道。

「嗯，我知道。」

「與其說吵架，不如說我單方面怨恨他。六月的地區預賽，我和他在決賽一起賽跑，我處於最佳狀態，而他的狀況不太好。結果，是他贏得比賽，我們的未來也分出勝負。他得到全國高中生運動大會的門票，我則是落選了。」

「嗯，我知道。」

平淡的回應對現在的我來說是一種體貼。

「比賽結束後，只有我無法對他說出口。」

「說什麼？」

我幾乎已經是自言自語。

「說『恭喜』。」

對，我無法向惠太道賀，恭喜他得到參加全國高中生運動大會的資格。田徑隊的每個人都說了，美穗也說了，只有我無法說出口。

「在他旁邊，會讓我覺得自己很悲慘。」

「覺得自己很悲慘？」

「對。因為他有很多朋友，跟大輝、妳和莉乃的感情很好，長得又帥氣，擁有我沒有的一切。不僅如此，他的腳程很快。如果我能跟他一起參加全國高中生運動大會倒也罷了，偏偏有資格參加的人只有他。」

這是嫉妒、妒恨、自卑。無論哪一種說法，這些情感都是醜陋的，但我無法壓抑。所以，最後才會以傷人的話語取代道賀。

「我對他說：『要是沒有你就好了。』」

要是沒有你，我就能參加全國高中生運動大會；要是沒有你，我就是田徑隊的王牌；要是沒有你，或許我能拉近跟莉乃的距離。要是沒有你就好了，要是沒有你就好了，要是沒有你就好了！

我不知道那句話對惠太而言有什麼意義，不過，他受到的打擊超乎我的意料。惠太在全力衝刺後筋疲力竭的臉色變得更加蒼白，所有表情從他臉上消失。

不知為何，最後他露出隨時會消失般的虛幻微笑。

「……惠太是因為我而死的吧？」

我一直這麼想。

不，我明白惠太的死真的是個意外，警察都這麼說了，鐵定不會有錯。惠太失足摔落懸崖，頭部受到撞擊而死，所以他的死亡與任何人無關。或許吧。一定是這樣。大概不會錯。

即使如此，我還是忍不住心想，會不會是因為我在心中期盼他消失，所以某個不知名的神——或是惡魔，偷偷聽到我的心願，然後真的將其實現，讓惠太一時興起踏上旅程，不經意路過懸崖時想要探頭觀望，或在他探頭觀望懸崖下方的時候，輕輕推了一下他的背。

我很清楚這百分之百是妄想。我明白，但是……

「那是我對他說的最後一句話！」

我憤怒地吼叫，感覺到自己的臉龐扭曲。

「在他生前最後跟他說的居然……是那句話……我這輩子再也無法撤回那句話，再也無法向他道歉！我一輩子都必須懷抱這份悔恨活下去！只能背負死去的惠太的怨念，成績不上不下地繼續跑著一百公尺短跑……絕對一輩子也無法跑出十秒多的成績！」

我乾笑著。

「這趟旅行一定是他的復仇。或許惠太想叫我去死吧……」

沒錯，惠是死神，企圖把我帶到跟惠太相同的地方。惠太希望我們找到的東西一定是「死亡」吧——我的「死亡」。

「惠太不是那種人。」

美穗說道，口氣非常篤定。

「我問過惠太是不是和你吵架了。惠太在點頭的同時對我說：『妳不要插手。』你知道為什麼嗎？」

「因為他再也不想和我往來吧？」

「不對。」

美穗再次斬釘截鐵地說道。

「他一直在等你去向他道歉。」

我直視美穗的臉，她的眼神是如此直率。她跟惠太很像，人緣很好的人總是直視對方的眼睛，大輝也一樣，但我做不到，莉乃也幾乎不這麼做。

「惠太一直想跟你和好。雖說我們插手打圓場便能讓你們和好，但惠太想要的是和你真正和好。」

「事到如今，妳想怎麼說就能怎麼說。」

我冷淡地回答，似乎在下意識尋找最能夠刺傷美穗的言語。

「舜，我想惠太其實最想聽到你對他說。」

我無法正視美穗。

「……說什麼？」

「恭喜。」

眼睛下方忽然開始翻攪，變得灼熱——我知道這是落淚的前兆。

我想要開口說些什麼，嘴巴卻像魚一樣只是不斷張合，吐不出半個字。這裡彷彿在水裡，只有空氣泡沫一個又一個從我口中溢出，升到夏日天空的水面上。

「我們回去吧？」

美穗用泫然欲泣的聲音說道。

「惠太的心願絕不可能是復仇。他不是那種人，你應該也很清楚吧……？」

嗯，我知道，至少他在生前不是那種心胸狹隘的人。

但現在我不敢斷言。見到惠之後，我發現自己再也不了解惠太。

美穗只留下一句「我等你回來」便逕自離去。看到我一直呆立原地，她大概等得不耐煩了吧？不，其實我也知道美穗不是那種人。

我的心裡有「必須回去」的心情。

也有「不想回去」的心情。

開始下雨了，我沒有帶傘。我把所有行李都留在原地，衝動地跑出來，現在再也無法離開樹蔭，只能茫然看著微溫的雨水逐漸冰冷整個世界。我討厭下雨，因為下雨會害我不能跑步，不過，現在覺得下雨也不賴，因為那可以讓我不用行走。

「你不回去嗎？」

某個東西從我頭上落下，這已經是今天第二次。第一次是蟬，第二次是聲音。

我嚇得差點跳起來，抬頭往上一看，看見惠正坐在樹枝上，雙腿在半空中晃來晃去。透過透明的身體可以看見夏日天空，他果然變得越來越透明。

「你怎麼會在這裡？」

「我一路追著美穗，就停在這裡。」

「……你從哪裡開始偷聽？」

「剛才的對話嗎？從頭到尾都聽見了。」

我差點暈倒。雖然惠並不是惠太，但就某種意義而言，他亦是當事人，所以我最不希望被他聽見剛才的對話。

「……然後呢？你是來嘲笑我的嗎？」

雖然我賭氣地這麼說，不過，惠仍保持一貫的沉靜表情。

「昨天你問我，惠太對你有什麼想法，我想回答你的問題。」

出乎意料的回應讓我不禁狼狽。

「你昨天不是說不知道嗎？」

「因為我不明白你問題的意思。」

這個臭小子居然答得一副理所當然的樣子。

「那個問題的答案是……」

惠維持原本的語調說道：

「惠太認為你是他的朋友。」

「少騙我！」

我立刻否決他的回答。

「同時……」

惠不以為意地繼續說。

「他也認為你是競爭對手。」

「競爭對手？」

瞬間，我在腦海中搜尋「競爭對手」的意思。

競爭對手，勁敵，互相競爭的對象。

「哈！」

我不禁嗤笑。

「不可能，他跑得比我快零點二秒以上。他在一百公尺短跑中跑出十秒多的成績，怎麼可能把好不容易才跑出十一秒的我放在眼裡……」

「惠太其實記得你。升上高中時，他一眼就認出你是雙町第二中學的槙本舜。」

我頓時啞口無言。

他記得我？

「既、既然如此，他為什麼不跟我說？」

惠彷彿在談論笨拙的弟弟，一臉傷腦筋的樣子笑著說道：

「惠太比你想像得還要不服輸、笨拙、害羞。就像你煩惱該怎麼跟惠太往來一樣，惠太也很煩惱該怎麼跟你相處。世界上有人可以同時成為朋友和競爭對手，有人則否，惠太屬於後者。」

我搖了搖頭。我從來不知道這些事，不認識那樣的惠太。

「你嫉妒惠太的才能，惠太恐懼你的追趕。你說你們相差零點二秒，那是高二的你們的差距吧？你的確一次也沒有贏過惠太，可是你的練習量和惠太一樣，或者在他之上，以此加強自己的實力。其實惠太很認同你，把你當成競爭對手和朋友。美穗說的沒錯，惠太最希望聽到你對他說『恭喜』。」

「你撒謊……」

「我沒有撒謊，不然你為什麼看得見我？」

「你這種說法一點說服力也沒有！」

只有和惠太生前關係親密的人才看得見惠。但是，惠的身影變得越來越模糊，彷彿在說我已經沒有必要看見他。

「你錯了。」

惠說道。

「就我所知，看得見我的只有你們四個人。只有四個人喔，而且這並非是由我選擇的，也不是你們如此期望。一定是惠太選擇了你們。」

「不可能……我明明對惠太說了那麼傷人的話！」

我哭喊著，思緒一片混亂，被雨水打濕的身體狼狽不堪，臉上已分不清是眼淚、雨水還是鼻水。總之，我的一切是如此雜亂無章而難堪。真希望惠當場判定我的罪行。每次聽到惠說的話，內心深處的罪惡感就會不斷膨脹，心臟幾乎要從內部爆裂。

「是啊，那句話真的傷惠太很深，因為那是惠太最不願意聽見的話，對我也影響很深。」

沒錯，連我也知道那句話深深傷害了惠太。即使沒有這段過節，我跟惠太之間本來就有嫌隙。

「他很討厭我吧？」

我喃喃自語。

「他不討厭你。」

「但是我很討厭他！」

我彷彿要蓋過惠的聲音般大吼。

「他無所不能！擁有我沒有的一切！」

我一直有自卑感，明知道比較也沒有意義，卻還是不想輸給惠太。然而，我越是不服輸，惠太的背影就離我越遠，只有心中的自卑感不斷膨脹。我永遠只能看著他的背影，每次覺得伸手可及的時候，他又在轉眼間跑到更遠的前方，就像我永遠無法抵達的「十秒」境界。

「惠太也缺乏很多東西。」

惠平靜的語調激怒了我，我賭氣地發牢騷。

「他的腳程比我快！」

「但他很容易受傷，體力也完全不如你。」

那種說法一點都沒有安慰到我。

「他的朋友很多！」

「他有很多心事都無法對那些朋友說。總是笑臉迎人，表示他在難過和痛苦的時候也在強顏歡笑。」

我想起來了，那時候——

我甩了甩頭，強壓下浮現的記憶。

「他長得很帥……」

妒恨——這是我對惠太抱持的情感，我很清楚這是極為醜陋的情感。

「他希望自己可以變得更有男子氣概。」

惠笑著說道。

「惠太其實不如你想得完美。」

「……他為什麼死了？」

或許吧，畢竟我對他一無所知。在無知的情況下，便面對他的死亡。

這句話下意識地脫口而出。一說出口，連我自己都嚇了一跳。

我好像聽見內心深處有人在對我耳語。

——你明明很想向他道歉。

「他討厭我到了不願意給我道歉的機會……」

「你還認為他很討厭你嗎？」

不知為何，我無法回答惠的質問。

「如果這麼想會讓你比較好過，你就繼續這麼想吧。不過……」

惠微笑說道，但我已幾乎看不見他。

「不過，我認為惠太對你抱持的情感不是討厭，你對惠太抱持的情感也不只是自卑或妒恨。此時此刻，你在這裡，我也在這裡。天氣這麼熱，但你甚至不惜向賭上寶貴青春的田徑隊請假……這不是最好的證明嗎？舜，我想拜託身為惠太友人的你——」

我抬起頭，但已經看不清楚惠的臉。沾在眼睫毛上的水滴模糊我的視線，我無法在模糊的景象中找到惠。

「希望你能夠幫惠太實現最後的心願。」

我忍不住嗚咽。

夏日的驟雨逐漸止歇，午後的陽光從雲層間微微灑落。

2. 橫山大輝

我認為有三件事自己絕對贏不過惠太。

第一件事是腳程。一百公尺能跑出十秒多的惠太是天生的短跑健將，我再怎麼努力都無法在短距離的賽跑中贏過他。雖說在一旁觀看就能看出他跑得很快，但實際上和他一起跑，更能深刻體認到實力的懸殊。他根本是用飛的，光是起跑已經有如天壤之別，我才跨出第一步，他已經踏出第二步。輕快地向前，彷彿沒有重力和風阻一樣逐漸加速，不知不覺間他已遙遙領先，率先抵達終點。我隸屬排球隊，對體力相當有自信，但只要看到他跑步的樣子，就會多少受到打擊。大概只有舜能夠理解我這種心情吧。

第二件事是笑容。惠太的笑容可以迷倒眾生。即使退一百步來說，也不得不說他長得很帥氣。中性的臉龐、纖細的身材，平常一副心不在焉的樣子，給人憂鬱的感覺，但一跟他說話，他就立刻笑得天真無邪，我覺得那根本是犯規。他有孩子氣的一面，雖然這點我也沒有資格說他就是了。但是，惠太跟我不同的地方是，他上課很認真，在田徑隊也嚴肅得判若兩人，所以在休息時間忽然露出天真爛漫的笑容時，所有人都無法抵擋他的魅力。或者相反的，先看到孩子氣的笑容後，再看到他全力跑一百公尺的英姿，即使是男人也會忍不住怦然心動。他跑步的姿態和笑容便是如此迷人。

第三件事。

我和他喜歡上同一個女孩，但她喜歡惠太，所以在戀愛上，我永遠贏不過他。

*

雨停了，但舜沒有回來。

跑去找美穗的惠跟她一起回來。我問他們：「舜呢？」美穗只是搖頭。

「我想……他不會回來了。」

我不禁皺眉。

「為什麼？」

「因為……」

美穗吞吞吐吐地開口。

「……他認為惠太是被自己害死的，惠太最後的心願是對自己的復仇，所以不願意回來。」

我感覺到莉乃微微倒抽一口氣，我則是因為摸不著頭緒而一臉不悅。

是舜害死惠太？莫名其妙，為什麼舜會有這麼荒謬的想法？

舜和惠太之間大概真的有過節吧？昨天我在漫畫網咖質問舜的時候，他無法回答。無法回答就是他的答案，那件事或許跟惠太的失蹤有關。

但是，跟惠太的死應該沒有任何關聯。

「惠太是意外身亡吧？警察不是這麼判斷的嗎？既然如此，他的死就跟舜無關吧？為什麼會變成是舜的錯？惠太的死不是任何人的錯。」

不是任何人的錯。

總覺得那好像是在說服自己，我拚命假裝沒有察覺。

「這一陣子舜和惠太在冷戰……所以，我想他很後悔吧？」

美穗喃喃說道。她說得太含蓄了，不過，我知道她是顧慮到舜，所以無法繼續追問。

「舜會回來的。」

我不負責任地說。

「你不要說這種不負責任的話。」

莉乃嚴厲地說。

等了三十分鐘，莉乃似乎說對了，舜並沒有回來，所以我們整理行李，再次啟程往烏蝶山前進。

進入另一條國道後，惠說必須從這裡翻越一座山。

「翻過一座山？」

「對，沿著馬路走，必須在彎彎曲曲的山路上爬上爬下。雖然沒有步道，不過來往的車子不多，所以還是可以行走。」

烏蝶山是這段連綿山巒中的一座山。

「再走一天，應該就能走到山腳下。」

惠說得很輕鬆，但我盯著即將攀登的山峰，面露難色。到此為止都是走平坦的馬路，接下來要開始爬坡了。陡坡對惠沒有影響，對人類卻是不小的負擔。

惠走在最前方（但不是真的在走），莉乃緊跟在後。

「大輝，你的行李會不會很重？我幫你拿一點吧。」

走在莉乃後方的美穗回過頭來，向我伸出手。總不能把舜的行李丟在路邊，所以我把它一起扛走。舜的行李塞得滿滿的，背起來很重。

「不用了，我怎麼能讓女孩子拿這麼重的行李？」

我看著美穗小巧的手掌，好強地說道。

「但是……」

「妳不用在意，我在鍛鍊自己。我明年也要參加全國高中生運動大會，所以必須提早鍛鍊體力才行。」

今年排球隊挑戰全國高中生運動大會的資格早已失敗，明年大概也是遙不可及的夢想，即使如此，我還是對美穗這麼說。

「是嗎？」

美穗說完便走到我身後，我以為她接受我的說法，瞬間卻感覺到背部忽然輕鬆不少，所以立刻回頭看。

「不然，至少讓我幫你拿這個，因為我明年也想參加全國高中生運動大會。」

那是掛在舜的背包上的睡袋。美穗微微一笑，像抱住小嬰兒般抱起睡袋，與我並肩而行。固執地把睡袋搶回來好像很丟臉，所以我只有小聲說了「謝謝」。

我們爬上山坡，太陽逐漸西沉，映照在地上的影子被拉得越來越長。某處傳來暮蟬的鳴叫聲，風轉了方向，橘紅色的夕陽穿過枝椏的縫隙，灑在雨過天晴的柏油路上，然後消失——那是夜晚的氣息。

「感覺好哀傷。」

美穗說。

「妳是說暮蟬嗎？」

「嗯，還有氣味。」

「氣味？」

「夏天下雨過後，有一種讓人感到哀傷的氣味。」

雨水落在被曬得火熱的柏油路上後蒸發的氣味。硬要說的話，其實我不喜歡那個味道。

「大輝。」

「嗯？」

我走在美穗身旁，手不時碰到她。她泛著些許汗水的肌膚冰冰涼涼的……

「……你有做過什麼會被惠太怨恨的事嗎？」

瞬間，我的頭也感受到一股涼意。我看著美穗的臉，她直視前方看著莉乃……不，是莉乃前面的惠。

「今天，舜說這或許是惠太的復仇時，莉乃說有可能，你也……」

「哦。」

我的確說了或許真的是那樣。

「那是什麼意思？」

美穗看著我，我看向前方──惠的背影。透明的背部，卻是和惠太一樣略微駝背的纖瘦背部。那天，惠太也有著同樣的背部，拱著那樣的背哭泣──

「……抱歉，我不能告訴妳。」

「咦？」

「沒什麼大不了的，不過，惠太可能會怨恨我。惠太並不知道。但是，如果他知道了……」

即使死後，一定也會憎恨我，甚至想對我復仇。

「……這樣啊。」

美穗沒有深究。就算美穗追問，我也無法向她開口。
那是極度醜陋的情感，所以絕對不能被美穗看見。

＊

我喜歡美穗。
第一次見到美穗是在一年級的時候。我和惠太在遠足中同組，我們都有很幼稚的地方，很快就氣味相投，也因為惠太而認識美穗。他們是青梅竹馬，小學、國中和高中都同校，每當我調侃他們簡直是老夫老妻時，美穗總是紅著臉否定。起初我並沒有特別在意美穗，只把她當成個子嬌小、皮膚白皙、有點可愛的同學而已。
莉乃是惠太和美穗共同的朋友，再加上田徑隊的舜，我們五個人經常湊在一起。但是，我和惠太的交情又有點不一樣。雖然我們五個人經常一起遊玩，但我也經常和惠太單獨出去玩，例如一起去唱卡拉ＯＫ、一起去電玩中心。當惠太說想看看其他學校有名的田徑選手時，有幾次我們兩個人還真的跑去看了。
我和惠太經常幹蠢事，像是翹課、晚上偷偷跑進學校，也曾被其他學校的不良少年纏上而打架。美穗總是氣鼓鼓地站在我們面前，滔滔不絕地說教。現在回想起來，我或許只是惠太的附帶品吧？無論如何，當時我只覺得美穗很煩人，說話也很誇張。那時候我很不認真，面對學業和排球隊的練習都只想打混，所以對美穗的說教感到格外厭煩。

到底是從什麼時候開始？

從什麼時候開始，我的目光總是追隨著美穗？

我經常在外圍看著田徑隊的練習。排球隊和田徑隊練習的日子是錯開的，所以惠太練習的日子就是我休息的時候。一個人先回家也沒事做，所以在等待惠太練習結束前，我都會無所事事地看著田徑隊的練習。不過，惠太有時會忘記我在等他而自己先回家，美穗之後才跑來跟我說惠太先走了。他真的是個很隨興的傢伙。隔天，當我生氣地對他說：「你為什麼先回家？」他反而會錯愕地對我說：「先回家的人不是你嗎？」在很多方面來說，他真的很自由。

惠太的腳程很快，光是看他跑步就讓人覺得暢快，不過，和他一起跑步會讓人很沮喪就是了。總之，他的姿勢真的很漂亮。我不懂跑步的姿勢，但看得出來他的動作沒有絲毫多餘。看著惠太不斷加快速度向前奔跑，感覺非常舒暢。舜也跑得很快，我跟他賽跑時完全贏不過他。我覺得惠太和舜並肩奔跑的身影非常帥氣，感覺就是「短距離跑者」。當我對他們這麼說時，舜不知為何好像很不高興。

雖說美穗似乎也是練短跑的，但看她跑步的樣子就知道她完全不是這塊料。她大概本來就很笨拙，看起來也不像運動神經很好。她跑得手忙腳亂，跟惠太相比，就像在水中划狗爬式，一點也不漂亮。不過，看到她仍然拚命跑步，雪白的額頭都冒出汗水，我也不得不對她感到佩服。美穗從不妥協，連我都看得出其他人在打混的時候，美穗也不曾鬆懈。不知從何時開始，我在等待惠太的時候，看美穗的時間變得越來越長。

「美穗，妳為什麼要參加田徑隊？」

美穗剛好在聽得見我說話的地方休息，我就隨口問她。

「為什麼……要參加田徑隊？」

坐在地上的美穗仰起紅冬冬的臉，看向後方的我。

「沒什麼啦，我只是覺得……妳看起來好像不是那麼擅長跑步。」

「啊，對呀……我跑得很慢。」

美穗面露苦笑，然後指向運動場。惠太正在跑步。

「如果我說想跑得像他一樣，你會覺得我很奇怪嗎？」

「不會。」

我可以體會美穗的心情。惠太在跑步的時候看到的是什麼樣的世界？我對此很感興趣。

「因為我從小就看著他跑步，理想中的短跑姿態一直展現在自己眼前，所以我也想如同他那樣奔跑。」

美穗笑著說。

「所以妳才會跑得那麼努力嗎？」

我問道，問得越來越卑微。

「努力？」

「對啊，剛才的練習只有妳沒有打混。」

「真的嗎？」

「對啊。」

美穗難為情地用手指捲弄頭髮。

「因為我很笨拙，無法像大家一樣很快就跑出好成績；只要稍微鬆懈，絕對追不上大家。所以，如果大家在打混，我就必須利用這個機會縮小和大家的差距。」

那雙凝聚了耀眼光芒的眼眸注視著惠太的背影。

這時候，我才驚覺為什麼自己的目光總是追隨著美穗。

我想，自己早就喜歡上她了吧，喜歡上這個身材嬌小、跑得不漂亮卻比任何人都努力的短跑女孩。

從那之後，我經常找美穗說話，不論是在教室、運動場還是在回家的路上。美穗很好騙，所以我總是說些無聊的謊話欺騙她、調侃她。我的腦海中深深烙印了她每次上當都會氣得鼓起腮幫子的臉。

「你真的很壞心眼耶！」

美穗經常笑著如此說道。

「誰叫妳那麼好騙。」

「惠太也說過同樣的話。」

「看吧，大家都覺得妳很好騙。」

「但是，惠太到最後都不會跟我說實話。我每次發現真相，氣得去罵他的時候，他反而會驚訝地問我在說什麼。」

「那是因為妳發現得太晚了吧？」

「咦？真的嗎？」

那時候我們還笑著談論這件事。但是，與美穗之間的距離越來越近，我總算察覺到一件事。

我和美穗聊的話題幾乎都繞著惠太打轉。

＊

太陽西沉、夜幕低垂後，我們仍然繼續行走，但還是來不及翻越山嶺。

「惠太也沒能在第二天翻越山嶺。」惠說道。

「他在野外過夜嗎？」美穗問道。

「對，在往前一點……那片雜樹林裡。」

「你們看。」

莉乃指向豎立在馬路旁的立牌，上面寫著「小心動物」，還繪有一隻野豬。

「這裡有野豬出沒嗎？」

我喃喃地說。

「沒問題吧……」

「不知道，但總不能睡在馬路旁，從那裡往上爬吧。惠，惠太在哪裡露營？」

我跨越馬路旁的護欄，踏進傾斜的雜樹林。

「那裡可以進去嗎？」

美穗露出有點擔心的表情。

「不知道。」

我聳聳肩。

「反正沒有巡邏車經過，也沒有人會去報警，所以不用太緊張，只要不升火就沒關係吧？」

「是啊……感覺在馬路旁搭帳篷比較惹人怨。」

莉乃點頭說道，跟著我走進樹林，美穗也尾隨在後。惠還是一樣飄在半空中，隨意指著樹林說：

「就在這棵樹和這棵樹之間。根據惠太的記憶，他第二天就是睡在這裡。」

「啊！」

美穗冷不防發出叫聲，然後向前跑去。

「大輝！」

她指著惠所指的其中一棵樹木。

我走過去看，終於明白美穗叫我過去的理由。在美穗的手搆不到的樹枝上，掛著一件和舜的外套同樣的田徑隊運動外套。

我們好不容易在茂密的雜樹林中找到一塊平坦的地面，靠著月光和手電筒不甚明亮的光芒準備露營。每個人都跟父母說要去「露營」，所以行李中都塞了最起碼的過夜用品、睡袋和換洗衣物，不過，沒有人帶露營用的炊煮用具——因為我們本來預定當天來回——所以晚上只能食不知味地吃著事先買好的食物。

「幸好我活在現代的日本。」

美穗忽然說出令人一頭霧水的話。

「什麼意思？」

「因為在《伴我同行》的電影裡沒有便利商店……」

「啊啊。」

這個話題還沒有結束嗎？不過，聽到美穗這麼說，我也開始覺得便利商店海苔輕脆的三角飯糰帶有文明的滋味。
「對了，那部電影是在描寫尋找屍體的故事吧？」我問。
「對。」
「那個屍體……我是說那個人為什麼死了？」
美穗的表情忽然變得黯淡，代替她回答的是莉乃。
「那個人是被火車撞死的，所以主角們才會沿著鐵軌去找屍體。」
「是意外事故啊……」
我把「跟惠太一樣」這句話連同飯糰一起吞下去。如果說出口，我覺得莉乃可能會動手揍我。
「惠……」
美穗開口說道，看向那個分身。
「你的肚子不餓嗎？」
惠驚訝得睜大雙眼。
「為什麼現在才忽然問我這個問題？我之前不是說過，我無法觸碰人世間的東西嗎？」

「嗯，但是我想說，觸碰不到東西跟肚子餓是兩回事。」

「……美穗，妳好奇怪。」

惠一臉無奈，但臉上浮現溫柔的笑容。看到美穗略微難為情的笑容，讓我有點不痛快。她只會在惠太面前露出那種表情——只有在惠太面前，才會露出女人的表情。

「美穗。」

吃完晚餐後，我去找美穗說話。美穗仔細地折好剛才發現的田徑隊運動外套——大概是惠太忘記帶走的——看到她這麼做，我又開始感到有些沒意思。

「什麼事？」

「妳不要跟惠走得太近。」

我說得比自己想像中的還要直接。美穗回頭看著我，讓我忍不住一陣慌亂。

「啊，不是啦……因為他畢竟不是惠太……」

美穗的表情越來越困惑。

「我知道，但是……」

「既然知道，妳就……」

「什麼？」

我好想扯自己的頭髮。美穗平時對他人的心思很敏感，偏偏對這種情感遲鈍到狡猾的地步。

「美穗，惠太他……」

我忍不住抓住她的手腕，纖細的手腕彷彿會就此折斷。有點冰涼、白皙的女人手腕……不行了，我已完全失控，在頭腦思考前，言語便先脫口而出。

「惠太已經死了！惠不能成為惠太的替代品。不管妳跟惠再怎麼親近，惠太也不會死而復生！」

「笨蛋！」

某人忽然掐住我的頸部，讓我感到窒息。我回頭看，發現是莉乃。

「妳做什麼？」

「我才想問你到底想說什麼？」

我猛然一驚，看到美穗睜大雙眼，咬緊下唇。

「你對惠有什麼想法是你的自由，但不要強迫美穗接受你的想法！」

莉乃對我怒吼。

從粗大樹木的陰影探出頭，可以看見距離大約二十公尺外的地方有昏暗的手電筒光芒。依這個距離，美穗應該聽不見我們之間的對話。

「我沒有強迫她接受我的想法……」

「你明明就有！你叫美穗不要親近惠，說他無法成為惠太的替代品，還說惠不是惠太。」

「他本來就不是惠太！」

我惱怒地說。

「惠是分身，不是惠太，甚至不是人類！」

「不用你說，美穗也知道。」

「我明白，但是……」

我低下頭。

美穗注視惠的眼神、表情和每個動作，掠過我的腦海。那與我熟悉的、她注視惠太時的一切極為神似，每次回想，都不斷加深內心深處的苦澀。

「美穗在惠的身上尋找惠太的影子，我覺得那樣不太好，所以才……」

我聽見莉乃的嘆息。

「你說得對，我也有同樣的感覺。但是，我覺得你沒有資格說那種話。」

我猛然抬起頭。

「什麼意思？」

「我的意思是，你看著惠的時候，似乎也把他當成惠太。」

「妳說這句話是什麼意思？」

莉乃細瞇起雙眼。

「美穗一直注視著惠讓你很不高興，所以你才說那種話吧？我有說錯嗎？」

「妳……」

妳說得沒錯。

因為莉乃說的是事實，被她說中心聲，我才會惱羞成怒，氣惱地瞪視她。

「妳有資格說我嗎？妳對惠也充滿敵意吧？那就表示妳也把惠當成惠太的影子，也跟舜一樣對惠太抱持罪惡感，不是嗎？」

莉乃驚愕地睜大雙眼。

「你不要亂說……」

「你們都不要再說了。」

沉靜的聲音在身旁響起，我跟莉乃瞬間噤聲。

佇立一旁的惠罕見地發怒。

「大輝平常很可靠，但有時候會變得很幼稚。」惠說。

「那是惠太的想法？還是你的感想？」

「都是。」

惠簡短地回答。

雖然莉乃已經回到美穗身邊，但我還不敢回去。因為我對美穗說了那些話，和莉乃之間也發生不愉快，所以現在和她們在一起會覺得很尷尬，結果只好在剛才的樹蔭下和惠獨處。惠不發一語地留在原地，彷彿察覺到我有話想跟他說。

「……你是不是變得比昨天還透明？」

其實我真正想問的不是這個問題，不過，惠的身影真的比一開始見到他時還要模糊。

「是嗎？」

惠有些驚訝。

「可能是因為我的存在感變得越來越不明顯。」

「美穗和莉乃都說你看起來不透明，為什麼只有我……」

我感到有點孤單，然後歸納出一個令人厭惡的可能性：與惠太越親近的人看得越清楚，而覺得惠變得半透明的我，表示跟惠太的關係沒有那麼親近吧……

「惠。」

「嗯？」

靜謐的雜樹林裡，除了偶爾行駛在國道上的汽車引擎聲之外，幾乎沒有東西劃破現場的寂靜。我覺得自己的聲音聽起來格外響亮。我悄悄瞥向美穗和莉乃所在的方向，這一帶太過昏暗，我看不太清楚，只能看見手電筒的燈光在移動。

「惠太對我有什麼看法……」

惠似乎很無奈。

「為什麼大家都喜歡問我這個問題？不論是舜還是你。」

「我也不知道。」

我笑了。的確，被惠這麼一說，我才發現自己為什麼要確認這種事？我以前從來沒有問過惠太這個問題。因為那時候——即使不確認，我也篤信我們是朋友。

「惠太把你當成他的朋友，是氣味相投的死黨。」

惠的話語讓我不禁眼角發熱。

咯！我咬緊牙關的聲音似乎被他聽見了。

「你有時候會露出這種表情。」

「什麼表情？」

「明明想哭，卻拚命忍住不哭的表情。你為什麼不哭出來？」

聽他這麼說，我才想到自己在惠太的喪禮上也沒有哭。四個人之中只有我沒哭，這是為什麼呢？

「……因為我覺得哭泣很丟臉。」

把話說出口，我才察覺到原來自己抱持這種想法。

沒錯，我不願在人前落淚，只是因為不想被美穗看到自己哭泣的樣子。佯裝成熟穩重地慰問惠太的親人，想讓美穗看到我堅強不落淚的樣子。我不希望美穗看著惠太而哭，希望她看著我而笑。然而，只要稍微動動腦筋，就知道根本不可能。

「還有其他原因嗎？」

「其他原因？」

我認真地看著惠太。

「沒有了。」

「是嗎?換句話說,你從來沒有為惠太哭泣過。」

「不是!」

我忍不住提高音量。

「我只是認為,惠太不希望我哭泣,而是希望我笑著送他走完最後一程!所以……」

我猛然一驚。惠對我微笑。

「是啊,惠太應該會這麼想,你真的很懂他。」

惠的話語很溫柔。因為太溫柔,所以輾壓我心中柔軟的部分,使之陣陣泛疼。我彷彿要逃開惠的目光,轉身背對他。

「你不要亂說,我其實很自私,重視自己遠勝於惠太。他……」

不希望被眼淚送行的惠太,總是笑得很迷人的惠太,那時候明明哭了。我知道他在哭,卻不僅沒有安慰他,甚至還做出對他來說是很大的打擊的事。他在不知情的情況下去世了,但是——

「惠太——惠，你如果知道我做過什麼事，一定會怨恨我。」

＊

今年六月，某一天的午休時間。

我記得那天下雨。那是我從四樓的音樂教室回來時發生的事。第四節是音樂課，我發現自己把課本遺忘在音樂教室便跑回去拿。

雙町高中的校舍是四層樓的建築物，四樓之上就是頂樓。

當我走過通往頂樓的樓梯時，不經意聽見一個聲音——那是男孩子的嗚咽聲。

我半是好奇半是擔心地探頭一看，不禁嚇一大跳。略微拱起的纖瘦背部，黑色的鬈髮，邋遢地從長褲褲頭露出來的襯衫下襬……蹲在被鎖上的頂樓門前的人，是我熟稔的死黨背影。

惠太時不時吸鼻子，壓抑聲音哭泣，偶爾洩漏的嗚咽迴盪在樓梯間，傳到四樓。

我為他的哭泣感到不解的同時，也很猶豫該去跟他說話，還是讓他一個人靜一靜比較好。倏地，手機傳來震動。有人打電話給我，是美穗。我連忙把頭從樓梯間縮回來，稍微走遠一點才按下通話鍵。
「喂。」
『啊，大輝？抱歉，忽然打電話給你。惠太現在有沒有跟你在一起？』
我的心跳漏了一拍，同時感到一股不悅。這股不悅的感覺，跟美穗提起惠太名字的時候、她凝視惠太的時候、她和惠太有說有笑的時候，悄悄潛入我內心的不悅一模一樣。
「……沒有。」
我回答。我在猶豫是不是該告訴她惠太在哭泣。
『這樣啊……』
「惠太怎麼了嗎？」
反問美穗的聲音聽起來很平板。
『啊，沒什麼，只是惠太今天看起來不太對勁……剛才也沒吃午餐就跑去教室外面，到現在都沒有回來，所以我有點擔心……』
不悅的感覺在心中逐漸擴大。
連一些微不足道的小事都能讓美穗如此在意的人，只有惠太。

『謝謝，我等一下去四樓找找看。』

「……他不在四樓。」

等我回過神來，才發現自己說出這句話。

『咦？』

「我現在人在四樓。我有東西忘在音樂教室，所以跑過來拿。惠太不在這裡，我沒有看到他。」

惠太不在這裡，也不在通往頂樓的樓梯。

『……這樣啊。我知道了，謝謝你，我再打電話問問莉乃。』

嘟！

美穗掛斷電話後，我握緊手機的手頹然垂下。側耳傾聽，可以聽見背後仍然傳來孤獨的嗚咽聲。

＊

「你為什麼要這麼做？」惠問。

「因為……」

我沒有說出自己喜歡美穗。但是，說到這個程度，笨蛋也可以察覺我的心思吧？

「大輝，你喜歡美穗嗎？」

看吧，被他發現了。

「……美穗喜歡的人是惠太。」

我喃喃說道。

「白痴也看得出來，因為明顯到太誇張了。她對惠太和對我的態度完全不一樣，連笑容都不一樣。」

「你真的觀察得很仔細。」

「當然啊，因為我喜歡她……」

我喜歡她。

這句話就像瘡痂，自然而然從嘴巴剝落。

「我不希望惠太和美穗在一起。」

真心話一說出口，再也無法遏止，就像瘡痂剝落後的傷口血流不止一樣。

「惠太雖然沒有表現出來，但他一定也喜歡美穗，他們是兩情相悅，沒有人可以介入其中。可是，我卻喜歡上美穗，嫉妒他們，還做出那種傷人的事……」

我的聲音好像快哭出來。不，或許我已經哭了。

「如果我當時告訴美穗惠太在那個地方，或許美穗就能夠拯救惠太。這麼一來，惠太可能就不會忽然下落不明，或許也不會死，在這裡的人就應該是惠太而不是惠。」

「那是結果論，說再多也無濟於事。」

「我知道！這種事不用你說，我也知道！」

即使如此，我還是認為自己有罪。當時惠太那麼痛苦，我卻以自己的心情為優先，對他的眼淚視而不見。就算跟惠太的死無關，但身為死黨，我的所作所為對他而言是嚴重的背叛，這也是不爭的事實。

「我真的沒有資格對舜說三道四……」

笑聲轉變為乾笑。

「惠，應該承受他復仇的人是我，對不對？」

惠沉默不語。

這時忽然傳來沙沙的巨響，龐大的影子冷不防從雜樹林深處衝出來。

是野豬。

好大，牠的體長應該有一百五十公分吧。我不知道衡量野豬身材的基準，但牠真的很巨大。野豬在距離我數十公分的前方大步走著，不斷哼鼻子，接著將鼻子湊近地面嗅聞氣味。

我只能僵在原地。遇到野豬的時候該怎麼做？遇到熊必須裝死吧？不，裝死反而更糟。我不知道。哪一種方法適合用來對付野豬，我也不知道。

「大輝。」

耳畔響起惠的聲音，我才回過神來。

「野豬往美穗和莉乃的方向過去了。」

野豬一步一步朝美穗和莉乃走去，大概是聞到食物的味道，行李裝有明天早餐的飯糰和麵包。

「惠，遇到野豬時該怎麼做？」

「很不巧，我也不知道。」

惠悠然說道。下一秒——

野豬忽然加快速度，朝美穗和莉乃衝刺。

「美穗！莉乃！」

我大聲叫喊，兩人猛然抬頭，發現野豬朝她們全力衝刺而刷白了臉。

「快逃！」

美穗滾向一旁，莉乃旋即站起來逃跑。野豬毫不猶豫地去追莉乃。莉乃背著一個小背包，是因為背包的關係嗎？

「莉乃，把行李扔掉！」

她沒有聽見。我看見野豬彷彿惡作劇地從背後用膝蓋頂別人的膝蓋一般，從後方用鼻子撞向莉乃，並聽見莉乃的哀號。糟糕，大事不妙，該怎麼辦？

我向前狂奔，跑得絕對不算慢，好歹我也是運動社團的人。然而，我從來沒有一刻像現在覺得自己跑得這麼慢，惠太的話一定能像風一樣飛奔過去。我的雙腿無法順心擺動，跟印象中惠太的動作完全不一樣。為什麼我的動作這麼笨拙、這麼多餘，無法跑得更加敏捷？

我看見野豬咬住背包的背帶，將背包連同莉乃一起拖走。美穗搖搖晃晃地站起來，惠則是本來就派不上用場。即使追上野豬，我也不知道該怎麼做才好。這種時候，惠太一定會……

「笨蛋！」

我忍不住咒罵。

「他不在了！惠太已經不在了！」

這時候，一陣風從我身旁穿過。

一瞬間，我以為是惠太。能像這樣揚起一陣風追過我的，除了惠太沒有別人。

不過，我錯了。那個人是……

「……舜？」

不知從何處現身的舜朝野豬的方向狂奔。

舜把莉乃的手從野豬拖曳的背帶中拉出來，然後抱住莉乃向後滾。野豬咬著變輕的背包朝某個方向跑去，消失得無影無蹤。

這些事發生在數秒之間，驚嚇過度的我們平復心情所花費的時間可能還比較長。

「……舜？」

舜似乎聽到莉乃的聲音而回過神。他猛然推開莉乃，立刻站起來向前跑，沒有看任何人。

「喂，舜！」

我喊著，追在他身後。舜跑得很快，不過這裡不是田徑場的跑道，地面的狀況不好，前方也黑暗得看不見，更何況他剛才全力衝刺過，要追上疲憊的舜並非難事。我捉住他的肩膀，強迫他停下來。

「你為什麼要逃跑？」

舜不願開口，也沒有回頭。我大概可以想像他逃跑的理由，所以換一種問法。

「你為什麼會回來？」

此時舜才稍微回頭，難為情地笑著看我。

舜說，在那之後他一直跟著我們。他邊看向距離稍遠的美穗和莉乃（莉乃的腳稍微擦傷，但沒有大礙），邊尷尬地說道：

「美穗和惠離開後，我本來想立刻回去找你們。但是，我在那種情況下逃跑，一直找不到回去的時機……」

那就是他想要逃跑的理由吧？我點頭，催促他繼續說下去。

「我一直保持距離跟在你們後方，你們好像在露營，所以我也躲在不遠的地方。但是，我的睡袋和行李都在你們手上，我心想這樣下去不是辦法，便打算去找你們。這時候，你跟莉乃突然吵起架……」

「啊……」

我搔了搔頭。舜應該沒有聽到我們吵架的內容吧？

「接著換野豬出現了。因為莉乃有危險，我就……」

他便因為這樣而現身。只能說舜的個性太善良，太重視朋友。

「你為什麼要回來？」

我重複這個問題。

「你不是討厭跟惠一起旅行嗎？」

「我是很討厭跟他一起旅行，不過……」

倏地，舜用力皺著臉，然後鬆開眉頭。

「不過，我之前看得見惠。」

我不解地歪頭，不明白他為什麼要用過去式。

「美穗之前不是說過嗎？」

舜的眼神略微飄移。

「只有在惠太生前和他親近的人才看得見惠。反過來說，看得見惠，代表惠太認為我們是很好的朋友。」

「……真的嗎？」

我喃喃地說，回想起剛才看到的惠越來越模糊。

「我覺得惠看起來越來越透明，再過不久應該就看不見他……這代表惠太其實很討厭我吧？」

「我已經看不見惠了。」

舜說得若無其事，我驚訝得張口結舌。

「咦？真的嗎？」

舜平淡地笑著說道：

「從第一次見面起，我應該就是我們之中看得最模糊的人。本來我的想法和你一樣，既然其他人都看得見，只有我覺得惠看起來越來越透明，代表我跟惠太的感情其實不好吧。再說，我一直無法理解這件事，或者該說對此抱持懷疑的態度。會不會我只是湊巧也看得見惠，並非因為我是他的朋友……不過，現在我知道並非如此。」

「為什麼？」

「……這是祕密。」

「莫名其妙。」

舜只是露出尷尬的笑容。他跟惠之間發生了什麼嗎？

「好漂亮。」

舜仰望夜空，我也跟著抬起頭。透過雜樹林的枝葉縫隙，看見滿天星斗的夜空。星星好亮，跟雙町的夜空截然不同。惠太也曾經在這裡仰望星空嗎？說想要看星星的人是他，他又是懷抱什麼樣的心情仰望這片星空呢？

「居然說想要看星星，惠太大概很浪漫吧？」

舜忽然苦笑。

「我有一種想法，能看見惠到什麼時候，會不會是與跟惠太一起度過的時間長短成正比呢？美穗認識他最久對吧？第二久的是莉乃。我雖然從國中就認識惠太，但以在高中跟他玩樂和說話的時間來說，你比我還要長。」

「呃……或許吧。」

情況或許就像舜所說的一樣，但沒有明確的證據可以證明。即便我們之後確實依照這個順序逐漸看不見惠，也有可能只是偶然，並不具備任何因果關係。我一直叫自己不要多心，不過，現在我確實因為舜的想法而稍微放寬心。

「我已經看不見惠了，不過，我會見證這趟旅行到最後，因為那是我唯一能為惠太做的事。」

我好像從他毅然決然的側臉獲得某種能量。

我們一回到原來的地方，美穗和莉乃便靠過來，對著舜滔滔不絕地碎唸，一半是斥責他不該逃跑，一半是感謝他救了莉乃。舜的眉毛彎成八字形看向我，我則裝作視而不見。誰叫他要逃跑，受點懲罰是應該的吧。我邊攤開睡袋，邊對他的遭遇幸災樂禍。

莉乃說：「我害怕野豬又出現，我們睡在國道附近好了。」於是，我們稍微移動露營的地方，對彼此道聲晚安便鑽進睡袋。舜一下子便沉沉睡去，大概是累壞了。我因為意識很清醒而睡不著，惠對我說的話和舜說過的話盤旋在腦中。我拿出手機，現在是晚上十一點。

猶豫了一會兒後，我找出美穗的電話號碼，一個深呼吸後按下通話鍵。

『喂？』

美穗比我預料的還要早接起電話，讓我有點慌亂。

『距離這麼近，怎麼還打電話？』

她的聲音聽起來有點睏倦和笑意。雖然男生和女生分開睡，相隔一些距離，但只要走十步就到了。

『大輝？』

美穗疑惑地呼喚我的名字，似乎不明白我怎麼不說話。我再做一次小小的深呼吸。

「我有兩件事必須向妳道歉。」

我知道其實應該當面對她說，但第二件事實在太丟臉了，我辦不到。

「剛才的事，對不起。」

半晌，我才聽到美穗的回應。

『……沒關係，我認為你說得沒有錯。』

她的聲音聽起來很過意不去。

『我在惠身上尋求惠太的影子。自從失去惠太後，我覺得自己的心好像破了一個大洞，所以才想用惠來填補。明明不可能填補得起來。』

美穗用令人心痛的聲音笑著說。

『因為他們的形狀不一樣，惠不是惠太。明明惠無法填補惠太造成的空洞……』

「不，我也無法清楚把惠跟惠太看成兩個人……根本沒有資格說妳，對不起。」

雖然沒有依據，不過我感覺美穗似乎在笑。

『我才應該向你道歉，害你顧慮我。是不是莉乃對你說了什麼？』

「呃，不……沒什麼，我真的只是想跟妳道歉。」

『嗯。』

美穗只應了一聲。接著，我們沉默了一段彷彿在等待什麼的時間，我遲遲沒有開口，所以美穗小聲地問：

『另一件事是什麼？』

「……大約兩個月前，妳在學校打過電話給我對吧？那天下著雨，妳說午休時間沒看到惠太。」

『啊啊……嗯，我記得。怎麼了嗎？』

「抱歉，那時候我撒了謊。」

當時我對美穗說惠太不在四樓，但惠太其實在四樓，在通往頂樓的樓梯上獨自啜泣。我不敢向哭泣的惠太搭話，也沒有告訴美穗他在那裡……

美穗沉默了半晌。

『……嗯，我知道。』

我聽見自己的嘴巴發出滑稽的聲音。

「妳知道……？」

『嗯，因為在那之後沒多久，莉乃就告訴我她在四樓找到惠太。那天莉乃在美術教室，說她有看到惠太在通往頂樓的樓梯上。』

唔！

美術教室在四樓的盡頭，也是最靠近通往頂樓的樓梯的教室。如果當時莉乃在美術教室，應該也有從門上的窗戶看到從教室前經過的我。

「……原來妳早就知道了。」

我茫然重複這句話。

「該不會連惠太也知道吧？」

美穗瞬間有些猶豫。

『……嗯，我有告訴他……』

我感到一陣天旋地轉，同時發現自己在笑。乾笑聲在靜謐的雜樹林中迴盪，睡在我身旁的舜嫌吵似地發出夢囈。

「是嗎？原來他早就知道了……」

既然如此，惠太應該很憎恨我，至少不可能對我抱持好感。所以，這趟旅行果然是……

「但是，既然知道，為什麼不跟我說？不管是惠太、妳還是莉乃……」

電話的另一端傳來美穗略微遲疑的聲音。

『因為惠太叫我們不要說。』

噗咻！

頭腦的某處好像發出奇怪的聲音。

「惠太？」

『他說他大概知道你說謊的理由。』

用自我解嘲的心態說話的我，本來一直處於奇妙的情緒中，但在這一刻完全清醒過來。

他知道？

我撒謊的理由只有一個，那是很單純的情感。惠太早就知道了嗎？

「他沒有生氣嗎？」

『生你的氣嗎？沒有，他只有苦笑著說沒關係，因為你會這麼做也是無可奈何的事……』

啊啊，可惡！

我的臉瞬間變得火熱。

真的被惠太察覺了，我還以為他沒有發現。

『惠太好像比我更了解你，你們不愧是死黨，記得那時候我還覺得有點不甘心。』

「惠太了解我……」

我緩緩重複美穗笑著所說的這句平淡無奇的話。這句話讓我感到一種不可思議的自豪。這種情感其實很常見，令人有些歡喜，又有些不甘心，明明存在得理所當然，但承認它又令人難為情和不自在。

驀然，一直籠罩在我心中的厚重雲層似乎逐漸散開，令我有些措手不及。惠太明明有十二萬分的權利怨懟、憎恨那件事而討厭我，我可以就此獲得寬恕嗎？我還沒有向惠太道歉，而且一輩子都無法道歉了。

……不，不對。我應該最清楚，惠太不可能做那種事。

如果說惠太很了解我，那麼，我也一樣了解惠太。我知道他一直有心事，喜歡美穗，還有……他絕對不是會挾怨報復的人。其實我從一開始就知道。

『大輝，我知道現在問你這個問題很狡猾，不過，你能不能告訴我……你為什麼要說謊？那個……我完全想不出理由……』

「……我下次再告訴妳。」

我喃喃說道。

『咦？』

「等這趟旅行結束，我把心情整理好、覺得時機成熟了，會坦白告訴妳原因，所以能不能請妳等到那時候？」

就如同舜下定決心，我也打算見證這趟旅行到最後。雖然我已幾乎看不到惠，不過，我依然想要實現惠太最後的心願。我想這不是為了贖罪，而是我本來就應該這麼做，不然會無法繼續前進。

美穗沉默了一會兒。

身旁的舜在說夢話。

雜樹林因夜風而沙沙作響。

卡車在國道上呼嘯而過。

夜風強勁地吹著，遮掩月亮的雲朵驀然散開。

『我知道了。』

沉默長到讓我懷疑電話是否已被掛斷的時候，電話的另一頭才傳來聲音。

『……我等你。』

胸口瞬間感到一陣窒悶，耳朵變得滾燙，我不好容易才擠出一聲：「嗯。」

美穗對我說了聲「晚安」便掛斷電話。好長一段時間，我的臉火熱得彷彿只有把頭伸進三溫暖。

結果，與其說我和惠太在爭奪美穗，不如說我跟美穗在爭奪惠太——一思及此忽然覺得很可笑，我強忍住發出奇怪笑聲的衝動。

「這樣就行了吧？」

我喃喃自語。

「……這樣就行了。」

我彷彿聽到不知何處傳來惠笑著如此說道的聲音，但是，或許說話的人其實是出現在我夢中的惠太吧。

3. 西園莉乃

——我絕不會忘記兩年前的八月一日。

那是國三的暑假。那一天，我剛好因為學生會的工作來到學校，田徑隊剛好也有練習，所以我跟美穗以及惠太說好要一起回家。提議的人不是我，是美穗。

做完工作後，我走到操場，見到田徑隊在整理運動場。美穗正用平沙耙整平沙坑，她明明就不是跳高選手，看來八成是她又發揮了濫好人的個性。

「辛苦妳了。惠太呢？」我問。

「啊，莉乃。惠太去還鑰匙，但是一直沒有回來，大概又繞路去哪裡玩了吧？」

「知道了，我去找他。」

學校施設的鑰匙基本上都放在教職員室。運動社團經常使用的體育館和操場倉庫的鑰匙，全都掛在教職員室的鑰匙板上。要借鑰匙的時候，必須先知會老師，然後在借用表上填寫借用什麼地方的鑰匙和自己的名字，歸還的人也必須簽名。

當我來到教職員室，發現惠太歸還的鑰匙已物歸原位，借用表上也有惠太的簽名，但當事人不見人影。我跟他擦身而過了嗎……？

這時候，我偶然發現頂樓的鑰匙不見了。鑰匙板上寫著「頂樓」的地方沒看見鑰匙，那個位置就在「外側倉庫」的正上方。

「老師。」

我向剛好在附近的體育老師──坂下老師說道。

「嗯？」

「頂樓的鑰匙不見了。」

「咦？」

借用表上沒有寫上借用人。在借用任何地方的鑰匙時，都必須在借用表上填寫名字，無一處例外，尤其是頂樓，幾乎不可能以「午休時間想上去頂樓」這種理由而借用鑰匙。因為學生基本上幾乎無法借用這把鑰匙，所以那是一把不太可能消失的鑰匙。

「奇怪，我不記得有借出去啊。」

「要不要我去頂樓看看？」

現在教職員室裡只有坂下老師一個人。

「不好意思，可以麻煩妳嗎？」

我向他點頭，離開教室員室，毫不猶豫地往三樓走去。

頂樓的門沒有鎖。我一推開厚重的鐵門，風便朝我吹來，揚起瀏海。布滿夏日晚霞的天空擴展開來，赭紅色的太陽在正前方，令我瞬間不禁閉上雙眼。

我在左邊的圍欄上發現穿著田徑隊運動外套的惠太。沒錯，惠太就坐在頂樓的圍欄上。堅固但高度不高的圍欄大約到我的胸口，灰色的圍欄彷彿只要伸手去摸，手就會被染成白色一般。惠太在夕陽餘暉照射下的側臉，或許是因為紅光的關係而顯得心事重重，我忍不住大聲叫喚他。

「惠太！」

「哇！」

惠太頓時重心不穩，幸好在千鈞一髮之際抓住圍欄。

「原來是妳啊？嚇我一跳。」

「被嚇到的人是我！你不是去還倉庫的鑰匙嗎？跑來這裡做什麼？」

「啊，嗯……我去還鑰匙的時候剛好看到頂樓的鑰匙，忽然想到自己沒有來過頂樓。」
惠太用彷彿只是去附近超商走走的語氣說道。
「你應該知道不能沒有填寫借用表就擅自把鑰匙拿走吧？」
「啊，我忘記了……」
惠太像貓咪一樣輕輕躍下，然後把一個東西拋給我。我接住那個東西——是頂樓的鑰匙。老舊的圓頭鑰匙上貼著一張標籤，上面用模糊的文字寫著「頂樓」。
「是我太糊塗了，抱歉。」
惠太說道，雙手插在口袋裡走向門口。
「回家吧，美穗在等我們。」
「等一下。」
我一臉駭人地站在原地。
「你不要岔開話題。為什麼你會忽然想來頂樓？」
惠太沒有笨到不小心擅自把頂樓的鑰匙帶出來的地步。
「沒什麼，我只是想看看夕陽而已。」

「騙人，你才沒有那麼浪漫！」

「好過分，我其實還挺浪漫的耶。」

惠太笑著說道，但我笑不出來。

風在頂樓吹拂著，操場的方向傳來某人呼喊某人的聲音。鈴聲以及通知晚上六點的〈滿天晚霞〉歌曲響起。已經到了不得不離開學校的時間，再過不久校門就要關閉了。

不過，我站在原地不肯走，惠太的笑容隨即消失。

「……我說莉乃。」

那是我第一次看到的表情。惠太面無表情，絲毫不見平常總是掛在臉上的惡作劇笑容——宛如露出拿下面具後的真面目。同時，他似乎又在笑，所以讓人感到毛骨悚然。

「妳有過尋死的念頭嗎？」

*

「莉乃。」

露營的隔天早上八點，我在折疊帳篷的時候，大輝忽然叫住我。

「什麼事？」
「妳有看見惠嗎？」
我皺起眉頭，因為惠明明就在大輝的背後飄來飄去。
「你在說什麼傻話？他不是在你背後嗎？」
「咦？啊、呃……是嗎？那沒事了……」
回頭去看的大輝露出怪異的表情喃喃自語，也不是在跟惠說話。他真的好奇怪。
「啊，還有，昨天很對不起。」
下一秒，他又忽然轉頭向我道歉，讓我驚訝地睜大雙眼。
「咦？什麼事？」
「奇怪？我們不是在吵架嗎？」
「啊……是喔？」
因為昨晚遭到野豬襲擊，把我嚇得完全忘記這檔事。不過，我確實跟大輝之間有點不愉快。
「什麼啊，虧我還很猶豫該不該跟妳說話。」
大輝苦笑著繼續說道：

「我不該遷怒妳，真的很抱歉。」

然後，他再次向我道歉。

「啊啊，沒關係，我也有錯，不應該那麼激動……」

我真的這麼想。

「沒關係，妳說得沒錯。那麼，我們今天也努力趕路吧。」

我抱持微微的罪惡感，看著大輝笑著走開的背影。這是徒步旅行的第三天，我沒有自信在這三天都保持冷靜。

原因我心知肚明。這一切都怪那個跟惠太長得一模一樣的偽幽靈。

一踏上國道的柏油路，小腿便傳來一陣刺痛，連早晨還不炙人的陽光都讓我頭暈目眩。我從以前就是個運動白痴，腳程很慢、體力很差，不擅長所有球類運動。我是徹底的室內派，所以會跟戶外派的美穗和大輝等人混在一起，連我自己都感到不可思議。

「莉乃，妳的腳沒事吧？」

走在前面的美穗回頭看我，滿臉擔憂地問。

「嗯，我還能走。」

「我幫妳拿一點行李吧？我昨天一直空手走路……」

舜過意不去地說，但我搖頭拒絕他。

「妳不要太勉強，誰叫妳平常運動不足。」

大輝幸災樂禍地這麼說。五人之中只有我走文藝路線，所以經常被這麼調侃。

「你很失禮耶。我之前也說過自己有在運動。」

「妳好像說過。做什麼運動？跑步嗎？」

「慢跑。縣界不是有一條河嗎？我會沿著那條河慢跑。」

「啊啊……惠太之前好像也說過那邊很適合跑步。」

「對，就是惠太告訴我的……」

我瞥了一眼默默走在前方的惠的背影。

長得跟惠太一模一樣的分身。

其實昨天大輝說中了我內心的想法，我根本沒有資格說別人——我同樣在惠的身上尋找惠太的影子。但是，我也知道惠並不是惠太，他只是個影子，是惠太映照在鏡子裡的虛像，正因為知道，所以更覺得惠太明明都已不在人世，卻依然映照在鏡子裡的惠很詭異和恐怖。

「莉乃，妳的表情很可怕，真的很駭人耶。」

聽到舜這麼說，我不禁皺著臉，所以表情可能變得更加可怕。

山路越來越陡，我們走在蜿蜒的山路上，越來越接近山頂。結果我的部分行李還是被舜拿去了。因為大輝忽然說：「莉乃，妳太慢了！」一把搶走我的帳篷，然後得意洋洋地把帳篷塞給舜。沒想到連舜都跟他一搭一唱地說：「妳不用在意啦。」然後彷彿要逃離我似地跑到最前方。行李的重量減輕，但這次換成難以言喻的罪惡感沉甸甸地壓在我背上。

「妳不用那麼在意。」

美穗覺得很有趣地說道。

「難得他這麼體貼，妳就讓他拿吧。」

「妳應該知道我不喜歡麻煩別人吧？」

「我知道，大家都知道。」

美穗笑嘻嘻地說。大家的確都知道我的個性。我有任何問題都自己解決的壞習慣，到處張揚這件事的人好像是惠太。

說到惠太，我便回想起他總是在笑的樣子。但是，只要一想到他的笑容裡不知有多少真心，胸口頓時感到一陣揪痛。那時候的惠太，是否曾發自內心地笑過？

「我一直在想，惠太臨終前到底在想什麼。」

夏日的天空朦朧地映照在美穗的眼眸中。

「但是，我一直想不出個所以然，不知道他平常總是在想什麼。」

「沒想到連妳也不知道。」

大輝回過頭來不可思議地說。

「我完全不知道，完全不了解惠太。」

美穗雖然笑著這麼說，眼神卻顯得很寂寞。

「每個人都會在心裡築起一道牆對吧？尤其是面對第一次見面的人……惠太總是輕而易舉地跨越別人的心牆，卻不讓任何人跨越他的。」

「啊啊，我好像有點明白妳的感覺。」

大輝說道。

「其實他並沒有不讓人跨越他的心牆，但我們跨越的只是最外圍的牆而已。」

「沒錯，就是那種感覺。惠太在心中築了很多道牆，最深處的牆不願讓任何人跨越。」

美穗看著我。

「莉乃，妳覺得呢？」

「我……」

我曾經稍微窺見最深處的心牆內側。光是回想起來，一股冰冷的寒意便竄上背脊。

「莉乃？」

「……不，我也不知道。」

美穗看起來還想繼續追問，但我立刻別開臉，彷彿在拒絕她的問題。

存在於那道心牆另一端的是惠太的「心底」。所以惠不是分身，也不是幽靈，而是從惠太的心底來到人世的東西。是在惠太死亡的時候，從內側踢破最後一道心牆來到人世，那股陰暗情感的殘留物。第一次見到惠的時候，我就一直覺得他跟惠太很像。我指的不是長相，而是他顯得雲淡風輕的面無表情，跟那天在頂樓突然摘下面具、露出真面目的惠太一模一樣……

我聽見舜呼喊的聲音。不知不覺間，眼前一片開闊。一團團的積雨雲飄在澄澈的天空中，豔陽高照。強勁吹拂而過的風，感覺跟那天在頂樓的風略微相似。高處的風，尚未吹拂任何人的風，是我們首次接觸的薰風。

惠停下腳步。我們一追上他，他便伸手指向前方山岳的其中一座山，靜靜說道：

「就是那裡，那座山就是烏蝶山……」

在那之後，彷彿這三天的疲憊一口氣湧現，我們沉默不語地朝烏蝶山走去——不，疲憊一定是藉口，其實每個人的心中都充滿不安和緊張，所以才會不知不覺地抿緊嘴巴。越接近烏蝶山，雲朵變得越巨大，最後在我們頭上籠罩一層陰影。所有人都深刻感覺到，烏蝶山散發出惠太的死亡氣息。

*

「感覺好陰森。」

大輝說出他的感想。登山步道被樹林的影子掩沒，張開幽暗的入口。

我們抵達烏蝶山的山腳下時，太陽已開始西沉，山峰在附近一帶延展出偌大的影子。暮蟬在山中鳴叫，不知道為何，沙沙的草葉聲讓我們神經緊繃。

「我記得在山腰一帶有露營區。」

大輝說道。

「雖然說是山腰，但標高大概在九百公尺左右。不過，這裡的高度也不低就是了。」

我說道。

「怎麼辦？要爬上去嗎？」

舜略微不安地仰望山頂。

「現在已經晚上了，可能很危險……之前也發生過被野豬襲擊的事。」

美穗緊咬下唇。

「惠，在哪一帶？」

聽我這麼一問，惠便默默指向山頂。

「惠說什麼？」

大輝詢問。

「他說山頂。」

奇怪，你自己也有看到吧？

「原來如此……的確很像惠太的作風。」

大輝苦笑著說道，然後提議大家先稍作休息。這個想法很不錯，因為我已經累了。

不只是身體，我想自己的心也疲憊不堪。因為沒有汽車經過，大家便在登山步道前的馬路上緩緩坐下，深深吐出一口氣。我坐在離登山步道很遠的地方，因為我討厭登山步道那宛如妖魔的血盆大口般擴張下顎的幽暗，結果就變成我坐的地方離大家有一段距離。

「妳的臉色很差。」

我仰望烏蝶山，細瞇起雙眼。這時候忽然有人叫住我，是惠。

「你以為是誰害的？」

我冷淡地說道。

沒錯，這一切都是惠的錯，我甚至認為連惠太都是被他殺死的。不是有一個傳聞說，看見自己的分身就會死，所以惠太看見惠之後就死了。

「妳的意思是我的錯嗎？關於徒步旅行這一點。」

惠想要裝傻，我用益發冰冷的聲音說道：

「我指的不是徒步旅行，而是追根究柢來說，都要怪你忽然冒出來，我們才不得不來這趟旅行。」

「你們的這趟旅程是為了惠太，而不是為了我吧？」

「你在轉嫁責任。既然是分身，你跟惠太沒有兩樣吧？」

「不，我不是惠太。」

「好好好，隨你高興怎麼說。你是惠。」

我煩躁地踢飛腳邊的石頭。

我不是個會把情緒表露在外的人，周圍的人總是用冷酷、冷漠、冷靜和穩重來形容我。我認為他們的形容很正確，因為與之相反的情感我都很不擅長表達。我無法表現出激動、感情用事、熱情、與人喧鬧和幼稚。

然而，現在的我非常情緒化、幼稚又感情用事。

「你說的話是真的嗎？是事實嗎？」

我語中帶刺。

「雖然你說那是惠太最後的心願，但是空口無憑，你沒辦法證明那真的是惠太最後的心願。」

「妳說得沒錯。」

惠坦率地回答。

「哦？你不否認嗎？」

「但是，那確實是惠太的心願。」

我冷哼一聲，他只是在虛與委蛇。

「既然懷疑我，為什麼妳還要參與這趟旅行？」
「因為你太可疑。就算大家被你哄騙，我也不會上當。」
「我沒有騙妳。」
「剛剛不是說了，這點你也無法證明吧？」
啊啊，蠢死了。惠一定是笨蛋，我也是。
「……惠太為什麼會死？」
我喃喃說道，原本只是打算自言自語。
「那是意外。」
惠如此回答，讓我感覺到理性的枷鎖產生裂痕。
「意外？」
哈！我笑了。
「你的意思是說，惠太是為了發生意外而離家出走，一路走到這座山？這太不自然了吧？絕對不可能！惠太一定有他的目的！他是因為某種原因和目的才會想來到這裡。既然他死在那裡，就一定有某種意義存在！」
我幾乎在咆哮。

「沒有理由和目的不能旅行嗎？」

「不行！」

我說道。

「我不明白你的情況，但是，一個普通的高中生不會沒有理由或目的去旅行，那太不自然！」

我邊說邊覺得自己的說法有矛盾。哪裡矛盾？我不知道。現在的我一點也不冷靜。不，我從一開始就沒有冷靜過吧？

無所謂，我也不知道壓抑情緒有什麼意義。感情用事、激動，隨大家高興怎麼說，現在的我只想解放心中所有的情感濁流，將之毫不保留地砸向他。

「追根究柢，你的目的究竟是什麼？你說自己是分身，簡單來說，就是有害的東西吧？你其實是惠太的怨念吧？出現在人世是為了詛咒你看不順眼的人對吧？」

「莉、莉乃，妳怎麼了？」

聽到叫嚷聲而跑來的美穗，驚訝地睜大雙眼看著我。她並不知道我如此醜陋的一面和情緒。大輝和舜僵在原地，只有惠直視著我。本來不該有的風吹在我身上，感覺很像那個八月的傍晚，在頂樓吹拂的風。

「因為我知道。」
我怒瞪著惠，聲音顫抖。
「我知道惠太一直有自殺的念頭。」

＊

「妳有過尋死的念頭嗎？」
惠太的臉上沒有絲毫開玩笑的成分。
校內的廣播響起，催促校內的人再五分鐘必須離開學校。頂樓的風忽然變得強勁，我覺得有點冷，但汗毛直豎與寒冷無關。
「……你在胡說些什麼？」
「我有喔。」
惠太的臉上浮現虛幻的笑容。
「我有過一死了之的念頭。」
我驚訝得說不出話。

「跳樓是最輕鬆的。從旁觀者的立場來看，會覺得跳樓好像很痛，但對當事人來說，其實來不及感覺到疼痛就會死去。」

惠太指向頂樓的圍欄，說得像是在閒話家常。

「不是經常有人從頂樓跳下去嗎？頂樓這麼高，我想知道有多恐怖。我很怕高，所以大概無法跳樓自殺吧……」

「別再說了！」

我發出飽含哀號的聲音。惠太看著我，似乎嚇了一跳，然後彷彿清醒過來般搖了搖頭。

「……抱歉，我騙妳的，莉乃。」

即使惠太這麼說，我的肩膀仍不停顫抖。惠太慌張地輕拍我的頭，不斷對我說他不會死。

「這是玩笑話，莉乃，我只是在開玩笑。抱歉，這個玩笑開得太過火了，真的很對不起。」

真的嗎？

我不敢反問他。這時候，頂樓的門打開，坂下老師從門後走出來。

「喂，西園，妳有找到鑰匙嗎？」

惠太猛然從我身邊退開。

「啊，老師，鑰匙是我拿走的，對不起。」

惠太又露出和藹可親的笑容，把鑰匙還給坂下老師，我只能茫然看著他的背影。

那天晚上我打了電話給惠太。第一次他沒有接，但他不可能這麼早睡，所以我又打一次。撥號聲響了十次左右，當我猶豫是不是該重新打一次時，惠太終於接起電話。

『喂。』

明明是我打電話過去，卻找不到適當的話語而保持沉默。此時，電話裡傳來惠太的笑聲。

『真難得妳會打電話給我。』

的確很難得，因為我平常不會打電話給人，也不喜歡講電話。聽著十幾秒的撥號聲，不知道對方會不會接電話，感覺自己的生命彷彿被削減一樣。

「你在做什麼？」

不知為何，我從閒話家常跟他聊起來。

『我在看電視，在看電影《伴我同行》。妳聽過嗎？那是一部沿著鐵軌旅行的電影。』

「哦，史蒂芬．金的作品。」

『……誰啊？』

我嘆了口氣。

「就是《伴我同行》的原作者。」

『哦？原來有原作。』

大部分的人都對原作者沒興趣。

「今天哪一台在播嗎？」

『不是，是DVD。』

「你喜歡西洋電影？」

『還好。』

「哦？」

我說完後便沉默不語。為什麼要跟他說這些？我的目的不是《伴我同行》和史蒂芬．金，也不是西洋電影。

「……之前的事……」

我做了一次深呼吸後切入正題。

『之前的事？啊啊……妳是說在頂樓的事嗎？』

那是一瞬間想要裝傻，但最後放棄的語氣。

『妳還是很在意嗎？我不是說了只是在開玩笑？』

「嗯……」

我覺得他到現在還是裝傻。

『那件事沒什麼好說的，我真的只是想上頂樓看看，沒有想過要死，沒騙妳。』

惠太的聲音讓人捉摸不定，我一直以為他本來就是個捉摸不定的人，不過，那或許只是他扮演出來的角色。

「你曾經想過一死了之對不對？」

他耐人尋味地沉默了三秒。

『我沒有。』

惠太喃喃回答。在那一陣沉默之後，還想繼續敷衍我嗎？

「騙人。」

『真的沒有。』

「你說謊。」

『就跟妳說沒有。』

「騙子！」

惠太不發一語。我覺得他好像要掛斷電話了，所以連忙尋找適當的言語。

「惠太，我跟你說……」

適當的言語是什麼？在這種情況下，我應該跟他說什麼才好？

「……如果你死了，我會很傷心，美穗也一樣。」

結果我只能說出讓他產生罪惡感的話，我討厭這樣的自己。

惠太仍然不說話。我腦海中浮現惠太盯著電話，猶豫是不是該掛斷的身影。如果他掛斷電話怎麼辦？再打一次電話他應該不會接吧？還是乾脆去找美穗商量？正當我如此思考時，話筒另一端傳出細若蚊蚋的聲音。

『莉乃，妳現在可以出來見我嗎？』

我家離惠太家和美穗家很近。我們住在市內相同的學區裡，只有小學不一樣，國中便是唸所一同。我對附近的環境很熟悉，知道距離我家和惠太家等距離的地方有一座小公園。那座公園真的很小，只有一座溜滑梯。

惠太就坐在溜滑梯的頂端，不知為何現在也穿著田徑隊的運動外套。

「嗨。」

他一看見我便揚起手打招呼，我想回應卻說不出話——因為惠太的左臉又紅又腫。

「你的臉怎麼了……」

「啊啊……嗯，被我爸打的。」

他若無其事地說。

「為什麼？」

「沒有理由，他只要一喝醉就會揍我，這種事常有。」

「太過分了……」

聽惠太這麼說，我才想起自己從來沒有見過他的父母。我在校慶和運動會上見過美穗的父母幾次，但惠太的父母從來沒有出席過這一類的活動。惠太反而更像花野家的小孩，跟美穗的父母感情很好，相處得十分融洽。

「在快要升三年級的時候，我爸媽離婚了。」

沒有任何預兆，惠太忽然開始訴說。

「咦？」

「他們工作很忙，經常不在家。就算在家，也大概因為忙碌總是很煩躁，大小爭吵不斷。或許他們以前並不是這樣吧，在我懂事前好像還留有家庭和樂的記憶。不過，結果他們還是離婚了。因為爸爸得到我的監護權，我的姓氏沒有變，所以我覺得沒有必要說出去，沒有告訴任何人。」

「原來如此……」

我好不容易才做出回應。惠太在溜滑梯上抱著膝蓋。

「不只是媽媽，好像連爸爸也覺得我很礙眼。既然如此，為什麼要生下我？結婚後想要組織幸福的家庭，但是無法如願，所以宛如婚姻副產品的我，對他們來說很礙眼。關於誰要養育我的事，他們爭執了很久。」

惠太說得十分忘我，大既想要一口氣說完吧，所以我沒有插嘴打斷他。不過坦白說，有一半是因為我根本插不上嘴。

「爸爸喝醉時經常說，要是沒有我就好了。雖然我很懷疑沒有我又能怎麼樣？大概只是能讓他自由吧？有時候他只要一煩躁，便會動手揍我。醉鬼的拳頭我根本不放在眼裡，今天只是倒楣了一點，剛好被他打中……其實我平常真的都躲得開。」

惠太按住臉頰，笑得像一台壞掉的收音機。他為什麼要笑？為什麼從剛才便用這種表情跟我說這些事？

「美穗知道這些事嗎？」

惠太模稜兩可地笑了笑，在詢問他之前，我好像早就知道答案。美穗如果知道，絕對不會坐視不理，所以惠太才一直隱瞞她，所以才總是笑嘻嘻的樣子，連這種時候都能笑著說出這些話。我覺得他好像小丑，明明掛著笑臉，卻在臉上畫了眼淚，壓抑自己的悲傷，是一個想要引人發笑的悲傷小丑。

「……我有時候真的很想死喔。」

小丑喃喃說道。

「我覺得這個世界有沒有我都沒什麼兩樣，有時候也會很想哭。不過，我真的沒有想要實際行動，這點沒有騙妳。因為有美穗和妳，日子過得很有趣，我想只要忍耐到長大就行了。今天只是去社團之前，爸爸的心情很差，讓我覺得很鬱悶，所以想稍微看看三途川長什麼樣子……」

這時候，惠太終於斂起笑容、緊閉嘴巴，彷彿該說的話都說完了。

「你有看到三途川嗎？」

我小聲詢問。

「沒有，只有看到操場和夕陽，然後妳就來了。」

「如果我沒有去頂樓找你，你會死掉嗎？」

「怎麼可能？我很害怕，所以沒有跳下去。」

我不認為他真的這麼想。

「你別再做那種事情了，我才不想當你的救命恩人。」

「……對不起。」

「不要跟我道歉。」

我爬上溜滑梯，輕輕撫摸惠太蜷縮的背部。他的身材纖瘦得嚇人，我一直以為是練田徑的關係。

「你有好好吃飯嗎？」

「妳不用擔心啦。」

「你中午總是吃福利社的東西吧？那樣絕對會營養不良。」

「妳好像老媽子。」

惠太的背部顫動，我知道他在笑。

「抱歉，莉乃，謝謝妳聽我說這些陰沉的話。」

惠太順勢滑下溜滑梯，穩穩著地，並做出一個奇怪的著地動作。

「這些事妳不要跟美穗說。她一定已經隱約察覺到不對勁了，但我不想讓她更操心。」

惠太回頭看溜滑梯上的我，微微一笑。

升上高中後，惠太仍然繼續扮演小丑的角色。他加入田徑隊，經常跟大輝廝混在一起，還是一樣總是一臉笑咪咪。在旁人眼中看來，他似乎很享受高中生活。當然，我不認為他表現出來的一切都是在演戲，因為他也是個正值青春年華的青少年。倘若沒有一刻是真心在笑，這樣的高中生豈不是太悲慘了嗎？

即使如此，我還是無法否定陰鬱如影隨形地纏繞著惠太，有時會驀然發現他的臉上浮現一抹鬱鬱寡歡。那時候的惠太總是在仰望高處，比方說天空、校舍的屋頂或大樓的頂端。

上了高二，我有一次目擊到惠太在學校裡哭泣。那件事發生在六月，大輝還對美穗撒了一個無趣的謊言。大輝和美穗都只知道一部分的真相。大輝一直以為沒有人知道他在說謊，美穗也不知道惠太在哭，因為惠太拜託我保密。只有惠太和我知道一切。

「惠太，這些事情應該告訴大家吧？」

過了一陣子，我曾經和惠太單獨談過。

「什麼事？」

惠太若無其事地反問。

「就是……」

你在國三的夏天對我說過的話。

「我不應該跟妳說的。」

惠太露出略顯苦澀的表情。

「我不希望你們無端承擔這些負面的事。一旦說出來，大家的反應都會跟妳一樣，所以我才不想說。」

「但是……」

如此一來，惠太只能一個人承受這份痛苦。我不知道惠太有什麼想法，但在我看來，他就像步履蹣跚地走在懸崖的邊緣般岌岌可危，不平衡得彷彿隨時有可能摔落懸崖，讓我很猶豫是否應該叫喚他——如果可以，我想抓住他的手，把他拉過來我這邊。

「莉乃，我沒事啦。」

惠太漫不經心地笑著說。那是跟在那年夏天從溜滑梯滑下後所展露的笑容一樣，小丑的笑容。

「妳放心吧，我不會自殺。」

＊

「……但是，惠太還是死了。」

太陽在山峰留下赭紅的殘渣後西沉，四周被黑暗輕輕籠罩，所有人臉上的影子越來越深濃，不過，我想那是因為我的關係。

「我覺得惠太一直在岌岌可危的平衡下存活，我害怕說出他的祕密會破壞他的平衡，所以一直守口如瓶，甚至瞞著美穗。」

但是，結果惠太還是死了。

為什麼連對美穗都無法開口，也無法和大輝或舜商量的事卻要告訴我？在惠太死後的現在，我好像知道答案了。因為我跟惠太的距離有點特別，不會太遠也不會太近。存在於惠太心中的黑暗就像黑洞，太過靠近會被吸入，距離太遠又會猶豫是否該靠近。只有我位處中間的距離，可以向處於黑洞中心的惠太伸出援手。那是惠太對我發出的求救訊號，我明明應該把他拯救出來的。

「他是……自殺的嗎？」

大輝用嘶啞的聲音喃喃說道。我感覺到舜倒抽一口氣，美穗則是全身僵硬。

結果都是我的錯。位於惠太內心最深處的心牆另一頭的情感，在不被任何人察覺的情況下越來越沉重，惠太因為再也無法承受便死去。我明明知道，卻無法為他做任何事。明明只有我能夠拯救他。

所以惠出現了，為了來制裁我。應該被制裁的人不是舜也不是大輝，更不可能是美穗。

「全都是我的錯。」

事到如今已後悔莫及。

「是我殺死惠太的，所以……」

「惠太不是自殺而死。」

惠簡短地說道。

我驚訝地瞪大雙眼。惠依序看向我們每一個人，然後指向山頂。

「只要去那裡，你們就明白了。所以，我希望你們能跟著我走到最後。」

「不對！」

我吶喊。

「惠太是被我害死的！」

「不是。」

惠說得莫名篤定。

「惠太的死不是任何人的責任，只是一場意外。硬要追究的話，只能說責任在惠太身上。警察應該告訴過你們。日本的警察很優秀，既然他們說惠太不是自殺，惠太就不是自殺而死。而且，惠太如果要自殺，大可不必特地跑來烏蝶山。妳不是說過嗎？那樣太不自然，沒有理由也沒有意義。如果他要自殺，只要像國中的時候一樣，從高中的頂樓跳下來就可以。」

「但是……」

「惠太希望你們來這個地方是出於別的理由，那個理由跟我希望你們找到的東西有關。」

惠的聲音與惠太十分神似。那還用說嗎？因為他是惠太的分身。但是，這三天以來，我第一次覺得那聽起來就是惠太的聲音。

「求求你們幫忙，我只能拜託你們了。」

咚！有人拍一下我的背。美穗用難以言喻的表情笑著說：

「莉乃，妳不需要一個人背負一切。如果惠太真的如同妳想的那樣是自殺而死，而且最後的心願是復仇，那麼，讓妳背負一切的我也是同罪。」

「妳應該說『我們』，我和舜也有很多對惠太感到很內疚的事。」

大輝說道，舜同意地點頭。

我看向惠。

惠微微點頭，彷彿在催促我們。

「我知道你們無法相信我說的話，所以，你們就看看惠太留下來的東西吧。如果到時候你們還是無法信任我，我也沒辦法，你們可以立刻轉身離開。」

「……這麼一來，惠太的心願會怎麼樣？」

「不過就是無法實現罷了。我會對此感到很悲傷，但如果你們不願意照我的話做，我也不能強迫你們。」

我再次回頭看大家，三個人也回看著我，一副欲言又止的樣子……不要用那種眼神看我啊。

「……我知道了。」

我嘆一口氣。

「我們爬上去吧。」

我是為了不讓大家被騙才一路走來這裡，所以，也有義務要陪伴大家到最後，對吧？

＊

月亮逐漸升起。

「對了，和惠太一起來的女孩子後來怎麼了？」

在爬山的途中，大輝忽然回想起這件事。

「女孩子？」

我不解地歪頭。

「在漫畫網咖提過的女孩子。」

「對哦，我都忘記了。」

舜的雙手環抱在胸前。

「我以為他們會一起旅行到最後，可是惠太被發現的時候……只有他一個人吧？所以我一直很在意那個女孩怎麼了。」

大輝怔忡地直視山頂。

「不過，他們為什麼會一起旅行？」

「該不會是惠太的女朋友吧？」舜說。

「咦？他有女朋友？」

大輝面露苦笑。

「雖然他很有女人緣，但我覺得他應該沒有交女朋友。」

沉默不語的美穗肩膀一僵。

「……該不會……」

我喃喃地說。

「那個女孩也死了吧？」

「咦？」

大輝、舜和美穗不約而同地回頭看我。

「不、不是啦，就是……美穗一開始不是說這趟旅行很像《伴我同行》嗎？所以我才想旅行的結局會不會跟電影一樣……」

三人一臉驚愕，看來我好像沒有把自己真正的意思表達清楚。

「呃，換句話說——雖然堅持惠太是自殺的我好像沒有資格說這種話——我們的旅行也是尋找屍體之旅吧？如果那個女孩也死了，表示她的屍體沒有被找到吧？畢竟只有惠太被發現。惠太希望我們找到的東西……他最後的心願，會不會就是那個女孩？」

我知道這個想法很瘋狂，不過如此一來，整起事件就符合邏輯，至少比自殺還讓人可以接受。雖然為了符合邏輯而擅自認定他人死亡，好像是一件很傲慢的事。

「妳的意思是，他要我們找到那個女孩？」

「這只是我的假設而已。」

我連忙澄清，大輝卻似乎接納了我的推測。

「不，妳說得很有道理，不然妳問惠吧。」

我很驚訝，因為惠明明就在大輝面前。

「大輝，惠明明就在你面前，為什麼你不自己問他？」

大輝一副被人說中痛處的模樣。不知為何，他身後的舜也露出一樣的表情。

「你們怎麼一臉困窘？」

「呃，沒什麼……」

我嘆了口氣。大輝和舜真的很不會說謊。

「……你們看不見惠對不對？」

聽我這麼說，大輝瞪大雙眼，舜則是驚訝地把我的帳篷弄掉在地上。

「妳怎麼知道？」

「除此之外，我想不到其他原因。」

原來如此，他們果然看不見惠了。那個幽靈變得越來越透明，看來不是我的錯覺。

「咦？大輝和舜都看不見惠了嗎……？」美穗回過頭來，生氣地說：「為什麼要瞞著我們？」

大輝和舜用不希望我們操心這個藉口為自己開脫。我心情複雜地看向惠，那個我遲早會看不見的幽靈。我明明恨不得他早一刻消失，為什麼現在卻產生這樣的心情？

「好吧，我來問他。」

我代替大輝詢問，彷彿想藉此擺脫那種心情。

「惠，你知道那個女孩在什麼地方嗎？」

我看見惠的肩膀微微一顫。

「……啊啊，知道。」

「你知道！」

我不敢置信地睜大雙眼。因為我沒想到他會回答我，更沒想到他居然知道。

「你說『知道』是什麼意思？」

美穗也緊接著追問。

惠沒有回頭，只是輕輕聳肩。

「就是字面上的意思，我知道那個女孩在什麼地方。」

「那麼……」

那麼，惠太最後的心願真的是……

「我們接下來要去的地方，就是那個女孩的屍體所在的地方嗎？」

惠靜靜搖頭。

「我只能說，你們答對了一半。」

「快到了。」

通過露營區、離開登山步道，沿著森林中的獸徑步行一個小時後，惠終於停下腳步。

「就是那裡。」

我看見朦朧的月光照在惠所指的地方，因為那一處的森林格外開闊。那裡是斷崖，惠太就是從那裡失足摔死……

大輝起先只是慢慢追過惠，最後開始用跑的，舜和美穗緊追在後。我站在原地不動，透過變得相當透明的惠的身體看著三人的背影。惠回頭看我，不解地歪著頭。

「妳不一起過去嗎？」

「你對我們還有所隱瞞對吧？」

我很在意他所說「答對一半」的意思。

「你知道和惠太一起旅行的女孩的事吧？雖然第二天早上美穗問你的時候，你說不知道，但是，從你剛才的話來判斷，你其實知道對吧？是不是還有很多事情你明明知道卻沒有告訴我們？」

惠嘆一口氣。

「事到如今，我也無法向妳說明，只要找到她，妳就會明白一切。」

「百聞不如一見嗎？很不巧，我只相信邏輯。」

「看得出來。」

惠一副拿我沒轍的樣子笑著說，然後緩緩邁出腳步，我跟在他的身後。

「妳身上穿的運動外套是惠太的？」

我細瞇起雙眼。他說的是我們在第二天露營時所發現、惠太的田徑隊運動外套。不久之前我覺得有點冷，所以美穗借給我穿。

「好像是。昨天露營的時候美穗發現的。」

「你們為什麼會認為那是惠太的外套？」

「為什麼？」

我皺起眉頭。

「因為惠太是田徑隊的人，而且有人說看到他穿這件外套。」

「誰說的？」

「漫畫網咖的店員……」

我把話打住。

不對，店員沒有說穿外套的人是誰。我記得店員只有說，其中一人穿著外套。

「有時換個角度，就能看見真相。」

惠說道。

我的心臟劇烈跳動。該不會只是……我們擅定認定而已？我膽顫心驚地確認左上臂的刺繡。

「……不可能。」

我看向前方的美穗，然後看向惠，目光幾乎要在他身上看穿一個洞。

「如果是真的，那麼我們的尋找屍體之旅豈不是……」

心跳加速。

「我不相信……」

「這是事實。不過，這不是尋找屍體之旅。」

惠已經佇立在懸崖上，指向眼前斷崖下被黑暗掩蓋的某一處，彷彿在引導東張西望的大輝等人。

「那就是惠太希望你們找到的東西。」

一開始我沒有看見。惠指向更右方，那一帶被從下方生長的層層疊疊樹枝擋住，所以很難辨識。

這時，月亮驀地從雲朵探出臉，讓四周變得稍微明亮一點。我好像在斷崖中間、枝葉重疊的地方，發現某個東西。

藍色的……運動外套？那個穿著運動外套、皮膚白皙、身材纖細的少女……

我的呼吸停止。

「……美穗？」

4. 花野美穗

——七月十五日，星期三，晚上九點三十分。

雙町高中的暑假開始的六天前，梅雨季已經結束了，我卻在房間角落像發霉一樣悶悶不樂。

自從那天放學回家後，我就一直在床上翻來覆去，連喜歡的晚上八點播出的綜藝節目都沒有看，所以爸媽很擔心我是不是發生了什麼事。不過，我根本無暇顧及他們的心情。今天發回來的數學考卷考了二十三分，害我被惠太取笑很久，連在社團活動時也被拿來大作文章，不過，我一點也不在乎，真的不在乎。

「……唉，煩死了。」

我翻個身順勢坐起來，在T恤外罩上田徑隊的運動外套，穿上優衣庫的短褲，也穿上運動長褲。跑步後可能會覺得熱，不過，到時候再脫掉就行。今晚外面稍有寒意，一開始就穿短褲跑步可能會覺得冷。

「媽，我出去跑步一下。」

我朝廚房說道。

「咦？這麼晚了還要去跑步？」

媽媽驚訝地回應。不過，我還是要去跑步，不然就算過了十二點，我還是會繼續煩惱而輾轉難眠。我穿好鞋子，大聲說一句：「三十分鐘左右就回來。」然後快步跑出家門。

老師說比起短距離，我更適合跑長距離，對此我也有所自覺。比起需要用瞬間爆發力決勝負的短跑，我更擅長以細火慢熬般的方式傾盡全力的跑法。

呼、呼！我邊喘氣邊沿著縣界的河川跑了一圈，一圈的距離是五公里，慢慢跑的話要三十分鐘；認真跑的話，只要二十分鐘以內就能跑完。我記得高中的女子最佳紀錄是十五分鐘多，我跑不了那麼快，但老師說如果我認真轉練長距離，應該可以跑出十六分鐘多的成績。

但是，我很堅持跑短跑。每次我說想跑得像惠太一樣，大家都會誤會我的意思，發出「哦」的一聲，笑得很曖昧。我不是那個意思，我跑短跑並不是因為喜歡惠太或因為惠太是短跑選手。我最先喜歡上的是他的跑法。宛如沒有重力或風阻，揚起一陣風奔馳而去的惠太。我追逐著他的背影，不知不覺也漸漸喜歡上他。

呼、呼、呼！呼吸越來越急促，我稍微加快速度。就是惠太告訴我這條沿著河川的跑步路徑，但他本人似乎不太喜歡在這裡跑步。他的體力很差，所以完全沒辦法跑長距離。和我一起跑步時，他很快就會陣亡。在短跑的項目中明明天下無敵，但跑馬拉松時甚至贏不過身為女生的我，真的很丟臉。他帥氣的地方和丟臉的地方從以前就是這麼涇渭分明。

我過了橋，離開河畔。夏天夜晚的空氣又濕又悶，不過涼風徐徐，星星在天空閃爍。我覺得有點熱，所以稍微拉下運動外套的拉鍊。進入住宅區，逐漸往回家的路上跑去，先通過莉乃家，然後——是惠太的家門前。

呼、呼、呼！

我停下腳步。好像看見一個背著巨大背包的男孩子，鬼鬼祟祟地彎過結城家前方的轉角。

「……惠太？」

認錯人了嗎？但是，我記得那個背包是為了暑假的露營，前陣子跟惠太一起去買的。

我加快速度跑過馬路，從水泥磚牆的陰影處探出半張臉悄悄打量小巷子裡。微鬈的黑髮，纖細的四肢，有點駝起的背部——是我再熟悉不過的男孩背影。

「惠太？」

「哇！」

我的青梅竹馬嚇得跳起來，睡袋從他的行李滾落在地。

「美穗，妳為什麼總是這麼會挑時機出現啊？不管是好事還是壞事。」

惠太嘀咕著。我跟他並肩坐在夜晚的公園長椅上，感覺好像情侶，所以讓我不禁心跳加速。因為我流了汗，總覺得有點不好意思，所以跟他相隔一些距離。

「妳為什麼要在這個時間出來跑步？」

我本來想說：「還不是你害的。」不過最後決定作罷。如果這麼說，一定又會被他取笑。

「我才要問你，那些行李是怎麼一回事？」

我指向惠太的背包。塞得鼓鼓的背包裡到底裝了些什麼東西？

「沒什麼。」

「你還帶著睡袋，怎麼可能沒什麼。」

「就跟妳說沒什麼。」

「這麼晚了，你要去哪裡？」

「沒有啊。」

「你該不會又想幹蠢事吧？」

惠太默不作聲。我總覺得他的樣子不太對勁。

汗濕的身體開始覺得有點冷，所以我拉上運動外套的拉鍊。現在幾點？我把手機放在家裡，所以不知道時間，但我確定已經超過三十分鐘。雖然心裡想著爸媽可能在擔心我，但我彷彿生了根似地仍然坐在長椅上，無法說出「那我先回家」這句話。

「妳看過《天使雕像》這本書嗎？」

惠太忽然喃喃說道，我抬起頭來。

「有啊。」

國中時看過，把書借給我的人正是惠太。

「就是女主角帶著弟弟一起離家出走的故事。我記得他們好像在美術館生活？」

「對。」

惠太點頭說道。

「妳認為真的能在美術館生活嗎？」

他問了奇怪的問題。

「咦？不行吧？環境跟時代都不一樣了，而且……」

說到一半，我忽然察覺到不對勁。裝滿行李的背包，避人耳目的行動，怪異的時間，在美術館生活——該不會……

「……你離家出走？」

我小聲詢問，惠太沒有回答。

「你要離家出走嗎？」

這次惠太緩緩點頭，我猛然站起來。

「為什麼？你為什麼要離家出走？」

惠太一臉傷腦筋地笑了。

「妳不懂。」

「我是不懂啊！就是不懂才問你！」
我的聲音越來越大，迴盪在沒有人的公園裡。
「我不是那個意思，而是即使跟妳說，妳也不會明白。」
冷靜的聲音中聽起來隱含嫉妒。
「美穗的爸媽都很善良，跟妳的感情也很好，運動會和才藝表演會都來參加，總覺得……你們真的是一家人。所以，妳無法理解不想留在家裡的心情。」
「我……」
其實我多少感覺得出來。惠太從小時候起，到了傍晚都不想回家，而且不太提起自己的事，他的父母也從來沒有出席過學校的活動。
「我……」
我說不出「我可以」這三個字。
「……我當然無法理解。」
幾乎要哭出來的我小聲說道。
「你總是不肯告訴我，只是笑著跟我說『沒事』，所以我當然不知道啊。你不說，我怎麼會知道？」

「說得也是，對不起。」

不知為何，惠太歉疚地笑著道歉。他的表情看起來非常悲傷，我的腹部稍微上方的地方感到一陣悶痛。

「你打算離家出走到什麼時候？」

我問。此時，惠太再度露出傷腦筋的表情。

「克勞蒂雅最後有回家嗎？」

克勞蒂雅就是剛才提起的書裡那個離家出走的女主角。

「她有回家。我記得結局好像是……她似乎想到很重要的東西，然後心滿意足地回家了。」

我不太記得，只記得那一則故事裡的雕像是關鍵。

「是嗎？」

惠太點頭。

「我會在全國高中生運動大會之前回來。」

「咦？」

全國高中生運動大會是八月，也太久了。

「練習怎麼辦？」

「找時間自己練習。」

「你要怎麼吃飯？」

「隨便找東西吃。」

「你要睡哪裡？」

「隨便找個地方睡。」

「……換句話說，你根本沒有計畫？」

「克勞蒂雅也沒有計畫啊。」

克勞蒂雅在美術館生活之前，並沒有擬定縝密的計畫。

我喃喃說：「是這樣嗎？」

我不記得了。不過，那畢竟是故事，不是現實。

「我想要獨處。」

惠太小聲說。

「想要一個人活下去。」

那聽起來不像是離家出走的少年會說的話，反而比較像是打算捨棄自家的人說出來的話。

「不可能啦，我們才十六歲。」

「很快就要十七歲，已經是大人了。」

他裝模作樣的表情讓我不悅地嘟起嘴。

「像這樣故作成熟，就代表你還是小孩。」

只有小孩才會佯裝大人，大人不會。

「或許吧。」

承認自己仍是個小孩的惠太，淡淡地笑了。

惠太離開公園。我跟在他身後，思緒凌亂地想著必須阻止他、必須對他說些什麼，然而張開的嘴巴只有吐出乾巴巴的空氣。

「妳要跟到什麼時候？」

惠太回頭對我說。

「我們回去吧。」

我好不容易才擠出這句話。惠太搖頭，毅然決然的背影絲毫沒有平時的活力。

「……你跟爸爸的關係不太好嗎？」

我忍不住問他。雖然之前就隱約有所察覺，但我從來沒有問過他，因為只要我想問，惠太便會逃避似地岔開話題。

「嗯……是啊，不太好，應該說很差。」

惠太嘆氣似地說。那大概是我第一次接觸到他的真心話和他的示弱。

「我從小就很討厭家裡，爸爸媽媽就像在對彼此發洩壓力一樣，總是在吵架，家裡沒有我的容身之處。他們離婚之後，爸爸發洩壓力的對象就變成我，所以我更討厭待在家裡。」

我不禁倒抽一口氣。

我不知道他的父母離婚了。

「跟妳家完全相反，對吧？我剛才說妳一定無法理解就是這個意思。妳果然無法理解吧？」

惠太轉過身來看著我，露出只有在比賽時才會看見的認真表情。

「妳趕快回家吧，妳爸媽現在一定很擔心妳。」

我停下腳步。惠太再次轉身面向前方大步走，走得越來越遠，背著巨大背包的背影逐漸融化在夜晚的黑暗中消失，直到我再也看不見。

惠太走了。我心裡明白，他一定不會再回來，所以我想要追上他、想要阻止他，如果無法攔住他，至少要跟他一起走。我不想讓他一個人離開，不然他好像會就此死去。惠太就像小白兔一樣很怕寂寞，如果讓他變成一個人，他一定會寂寞而死。

但是，如果我失蹤了，爸媽會怎麼想？還有大輝、莉乃和舜，他們會怎麼樣？應該通知他們嗎？但是，我沒有帶手機，也沒有帶錢包。

如果……如果有兩個人，如果還有另一個我，就可以解決眼前的窘境。在這裡的我去追惠太，另一個我回家。如此一來，便不會讓任何人難過。這一定是最圓滿的形式……雖然這種事情絕不可能發生。

對不起。

我在心中道歉，然後抬起頭。惠太的背影還隱約可見。

「等一下！」

我大叫的同時邁出步伐。

「我……我也要跟你一起走！」

我好像聽見轉身離去的腳步聲，但終究沒有回頭。

惠太現在一臉不耐煩。他的心情很差，一直叫我回家，有時候甚至會推開我。但是，我還是頑固地緊跟在他身後。他背著大背包，即使腳程再快也無法甩開我，更何況長距離的項目是我比較快。

夜深了，無法搭電車和公車，想要去某個地方的惠太結果卻是哪裡也沒有去，只是漫無目的地在雙町徘徊，也許是想讓我死心或甩開我。他完全不打算回家。這裡離我家和惠太家很近，他或許是想讓我們被人發現。

最後，我們走到雙町站附近，惠太氣喘吁吁地一屁股坐下。他明明是田徑隊的，體力卻很差，一下子就累垮了。

「……再走下去就要天亮了。」

惠太喃喃說道。我以為他在自言自語，但看來好像不是。

「只要你回家，我就回家。」

我用讓他產生罪惡感的方式說道。

「我不會回去。」

然而，惠太非常頑固。

「事到如今，我也回不去了。」

他抬頭仰望天空。

都會的夜空朦朦朧朧，看不見星星，頂多看得見一等星。閃閃發亮的星星寥寥可數，但我還是覺得很漂亮。然而，惠太一臉無趣地細瞇起雙眼。

「天空好髒。」

「是嗎？」

「很髒啊。再說，我們現在看到的不是天空。城鎮的光反射到充滿灰塵的空氣中，真正的天空被掩藏住了。」

真的嗎？我不太明白。

「……總覺得跟我很像。」

惠太說道。

「什麼意思？」

「因為我從以前就一直隱藏真心話。」

「為什麼？」

「因為很醜陋。」

「真的嗎？」

「對。」

惠太露出不高興的表情。

「因為一直在意家裡的事而抱怨會很丟臉。」

「你可以不用隱瞞啊。」

我說。

「有想說的話就說出來，不然對健康不好。」

我說完，惠太默不作聲，大概是在鬧彆扭吧。

我也抬頭仰望天空。都會的夜空朦朦朧朧，看不見星星，頂多看得見一等星。閃閃發亮的星星寥寥可數，但我還是覺得很漂亮。不過，如果有更美麗的星空，我也想去看看。

「……對了。」

我忽然想到。

「惠太，如果你沒有目的地的話，我們去烏蝶山吧。」

惠太一臉驚愕。

「鳥……鳥什麼？」
「鳥蝶山，就是預定去露營的地方。」
「去看星星做什麼？」
「說想要看星星的人不是你嗎？」
惠太露出不悅的表情。
「事到如今……」
他說到一半，再次仰望天空，朦朦朧朧的混濁天空。真正的星空就像惠太真正的心情，被掩藏在都會的煙塵後方。
「……不，我想看。」
聽到惠太低聲這麼說，我愉悅地揚起嘴角。
「走吧，我陪你去。」
惠太看向我微微一笑。這是他今天晚上第一次展露普通的笑容。
——七月十六日，星期四，早上六點。

第一天。

惠太身上帶的錢不多，我則是身無分文，所以我們決定不搭電車或巴士，反正這趟旅行不趕時間，因為我們沒有任何目的。惠太在背包塞了各式各樣的東西，我們從其中一個口袋拿出地圖，確認前往烏蝶山的路徑。路徑很單純，只要沿著鐵軌走到大城市，再從大城市轉入國道，一路沿著山線走就行了。

「妳真的要跟我去嗎？」

惠太問了這個已經問過無數次的問題。

「只要你回家，我就回家。」

我也重複一樣的回答。惠太把頭轉向一旁，重新背起背包。

「我幫你拿一點行李吧。」

我說著伸出手。

「不用啦，不能讓女孩子拿這麼重的東西。」

惠太似乎在逞強，所以我硬是把睡袋從他的背包上解下來。

「啊！喂！」

「沒關係，你不用在意，反正你的體力那麼差。」

我笑著說，惠太的表情顯得有點不高興。我幾乎沒有看過他露出這種表情。雖然他總是在笑，不過，或許他原本擁有各式各樣的表情吧，不管是悲傷的表情也好，或是痛苦的表情也罷。

我們沿著鐵軌走了一段時間後，太陽終於露出臉龐。現在是夏天的早晨，某處傳來健康操的音樂。惠太隨著音樂開始哼歌，本來是健康操的曲子，中途忽然改成別的音樂。我對那首歌很熟悉，是班・伊・金的〈Stand by me〉。

「為什麼變成〈Stand by me〉？」

「嗯？」

「本來不是健康操嗎？」

「啊啊……沿著鐵軌走，就忽然想起那部電影。」

惠太用鼻子哼著那首歌的旋律。他的英文那麼差，大概不記得歌詞吧。

我配合惠太哼的旋律唱起歌詞，惠太一臉意外地看著我。

「妳知道歌詞？」

「知道啊，歌詞的英文不難，國中的時候你沒有唱過嗎？」

「就算有唱過，我也不記得了。」

「誰叫你不認真上課。」

我嘲笑他，他不悅地冷哼說道：

「英文一點用處也沒有。在學校學的東西根本都派不上用場，上課又沒有教我成為大人的方法。」

「去上學就是為了長大。」

我一臉得意地說道。

「是嗎？」

「沒錯。」

所以才需要學習。或許吧？一定是。

不知道惠太是否接受了這個說法，他也跟著我唱起不太記得的英文歌詞。

我們從早上走到下午，鐵軌沿線上的雙町逐漸往遙遠的後方遠去。

「對了。」

我們開始看見高樓大廈，大城市到了。平常我們總是搭電車來到這個繁華的都會，記得上次來這裡是田徑隊遠征的時候，雖然當時只是在這裡轉車而已。

「我一直沒有問你跟舜之間到底發生了什麼事。」

惠太目不轉睛地直視我的臉。那是什麼表情？

惠太獲得全國高中生運動大會的出賽資格後，他跟舜就沒有再說過話。我曾經稍稍試探性地問過原因，但惠太只是含糊其詞。

「有嗎……？」

惠太把雙手交疊在頭部後方。

「其實也沒什麼，他只是說了一些怨恨的話而已。」

他坦白地說。

「怨恨？」

「他說了一些像是『要是沒有你，或許我就可以出賽』之類的話。」

「啊……」

那很像舜會說的話。好勝心強的男孩子，感覺挺不錯的。

「因為他一直把你當成競爭對手。」

「我知道，其實我也很害怕他。如果就進步的幅度來說，他跟我差不多。不過，他之所以會說出那種怨言，可能不只是出賽資格的關係。」

惠太臉上浮現不適合他的苦澀表情。

「他很討厭我，大概從一年級的時候，就一直用怨恨的眼神瞪著我。」

我不禁笑了。那是很常見的畫面。

「那是因為他把你當成競爭對手，不想輸給你，不過絕對不是討厭你。」

「真的嗎？」

「對呀。舜一定知道自己說了很傷人的話，想要跟你道歉。」

我深深點頭。惠太用有點滑稽的表情看著我說：「為什麼妳會知道？」薄暮時分的陽光反射在大城市的高樓大廈，鮮紅如火。

——七月十七日，星期五，早上十點。

第二天。

我們在大城市的漫畫網咖過了一夜，惠太說那間漫畫網咖是大輝告訴他的。雖然很不甘心，不過漫畫網咖意外地舒適，還可以淋浴。我身穿繡有高中名稱的運動外套，可能被店員看見了，但惠太似乎沒發現。我沒有告訴惠太，因為我覺得他好像不希望留下行蹤的蛛絲馬跡。

我怔怔看著陌生街道的朝陽，到了現在，我才對什麼都沒說就擅自離家這件事產生罪惡感。爸媽有去報警嗎？連惠太也一起失蹤，在學校可能引起一陣騷動吧？倏地，我察覺惠太似乎想要說什麼，所以連忙催促他出發。現在開始想家還太早了。

離開大城市後，我們沿著汽車呼嘯而過的國道徒步前進。今天是陰天，但夏天的暑氣仍毫不留情地發威，汗水如瀑布般流下。好熱，腳有也有點痛，不過惠太意外地沒有叫苦連天。他明明很討厭單調的運動，只有這種時候才莫名倔強。

穿過熙熙攘攘的都會後，風景逐漸改變，雖然還稱不上是田園風光，但很安靜，有點像雙町。雖然不曾去過，不過我知道這條馬路的盡頭是大海。

「大輝……」

我回想起一件事而開口說道。

「大輝之前在抱怨他其實想去海邊。」

「海邊？」

惠太拉長聲音。我笑著說道：

「如果你沒有說想去山裡，他本來好像計劃去海邊玩。」

「是我的錯嗎？」

惠太面露苦笑，又旋即換上嚴肅的表情，就像忽然回想起什麼似地神情嚴肅，而非忽然回想起什麼而噗嗤一笑。

「說到大輝……」

「嗯。」我隨意應聲。

「妳……」

「嗯？」

「大輝有沒有……」

「嗯。」

「有沒有……」

「嗯？」

我們宛如壞掉的機械，不斷改變語調重複同樣的對話。

然後，彷彿要再次重複同樣對話的惠太忽然別開目光。

「……妳有沒有被他告白？」

我眨了眨眼，一時之間不明白他的意思。

「你怎麼會突然這麼說？」

「因為大輝……」

惠太仍然看著其他方向。

「他大概喜歡妳吧。」

我再次眨眼。

「真……真的嗎？」

「妳太遲鈍了！」惠太不悅地皺著臉。「他不是一直看著妳嗎？在等田徑隊的練習結束的時候，他總是注視著妳的身影。」

「不會吧？」

「我是說真的。而且，他六月的時候不是曾說謊嗎？」

「說謊？」

「對，他明明知道我在四樓，卻跟妳說我不在。我想大概是因為妳在擔心別的男人，讓他心裡很不痛快吧。」

我感到一陣錯愕。

「什麼嘛，妳好像很不在乎這方面的事。」

惠太大口灌著寶特瓶裡的水，看起來好像很不滿。

「才沒有……」

話說到一半，突然滴滴答答地下起雨。我們狼狽地找地方躲雨，這個話題也就此草草結束。

惠太很開心地說今晚要露營。沿著國道的雜樹林豎著「小心野豬出沒」的告示牌，讓我有點在意。

「美穗，妳壓住那邊。」

攤開帳篷的惠太說道，我依照他的指示按住金屬零件。搭好帳篷、攤開睡袋後，惠太心滿意足地擦拭額頭上的汗水。

我們吃了在便利商店買的晚餐後，我躺在睡袋裡，惠太則是鑽入帳篷。因為我猜拳輸了，只能睡睡袋。穿著運動外套睡睡袋太熱，我便把外套掛在附近的樹上。

「對了。」

惠太忽然開口。

「剛才的問題，妳的回答是什麼？」

聞言，我的心跳漏了一拍。

「咦？什麼問題？」

「就是大輝有沒有對妳告白？」

「哦……」

我還以為這個話題早就結束了。

「他沒有對我告白。」

我小聲回答。

「真的嗎？」

「有什麼好懷疑的？真的沒有啦。」

惠太盯著我，用眼神問：「真的嗎？」

疑心病真重，大輝真的沒有告白。

「你為什麼要問這個問題？」

惠太一臉鬱悶。苦澀的表情果然很不適合他。

「這……一般來說都會在意吧？他真的沒有告白？」

「跟你說沒有就是沒有。」

我被他問得很煩躁，語氣變得有點強硬。惠太嚇了一跳，然後緩緩點頭。

「那麼……」

「那麼」是惠太在問重要的事情時，經常使用的開場白。

「如果……如果大輝對妳告白，妳會怎麼做？」

怎麼做？就算你問我——

腦海中回想起大輝的臉龐。他長得很高，是班上的靈魂人物，人緣很好，很會照顧人，個性又體貼，也是排球隊的王牌。我可以想出無數形容他帥氣的字眼，但就是無法對他感到怦然心動。我覺得他真的很有魅力，卻無法讓我心跳加速——跟某人不一樣。

「我不知道。」

明明我了然於心，卻給出這樣的回答。惠太沒有吭聲，連「哦」都沒有說。我本來也想問惠太是不是喜歡莉乃，卻又有點難以啟齒。升上高中後，惠太和莉乃有時會用耐人尋味的眼神看著彼此。然而，如果真的問了，不管惠太的回答是什麼，我想自己都無法保持冷靜，所以問不出口。

「星星好漂亮。」

結果我只說了這句話。

仰躺在地的我們眼前是一片無垠無際的星空。雖然樹木的枝葉遮擋了星空的全景，但白天的雨彷彿謊言一般，現在的夜空晴朗得美不勝收。

「到烏蝶山還有一段距離，不過，這裡的星空也好漂亮。」

惠太沒有回應。

我看向身旁的他，然後不再說話。只見惠太將眼睛睜大到不能再大，專注地將璀璨的星空鉅細靡遺地映照在眼眸中。

——七月十八日，上午十一點五十分。

第三天。

「就是那座山，那裡就是烏蝶山。」

惠太比對地圖和景色，指向其中一座山。從爬了一整個早上才爬到的山頂，可以眺望染上一片夏季翠綠的山巒。

「哇，看起來好高喔。」

我發表感想。

「標高應該超過一千公尺吧？」
惠太邊折起地圖邊說。
「高的地方會讓人聯想到『死』。」
他還補充一句奇怪的話。
「Si（註1）？」
Do、Re、Mi、Fa、So、Ra、Si的Si嗎？音的確很高。
惠太搖了搖頭。
「是『死』，死神的『死』。」
聞言，我的表情一僵。
「為什麼？」
「嗯，為什麼呢……因為感覺離天堂很近吧，還有會讓人聯想到跳樓自殺。」
「不要再說了。」
真是討厭的聯想。惠太有時會說出令人不舒服的話。
不知道惠太有沒有聽見我說的話，他仰望夏日的天空，靜靜地問我：
「美穗。」

語氣非常稀鬆平常。

「妳有過尋死的念頭嗎？」

開始爬烏蝶山後，惠太的樣子就顯得有些不對勁。一個有別於日暮的幽暗影子如影隨形地纏繞在惠太的背部，讓人很難向他攀談。我忍不住心想，所謂的「氣場」原來真的存在。愉快的氣場，悲傷的氣場。現在的惠太，身上散發出來的是幽暗的死亡氣場。

「惠太，看完星星後，你有什麼打算？」

我盡可能用輕快的語氣詢問，就像剛才惠太問我是否有過尋死的念頭一樣的語氣。

妳有過尋死的念頭嗎？

當我回答「沒有」之後，惠太便笑著說：「我想也是。」

但是，現在我知道那是他的面具。或許那時候惠太希望我回答「有」，希望我能夠和他有共鳴吧。

「殉情」這兩個字掠過腦海。

註1：「死」的日文發音同「Si」。

惠太沒有回答我。

「去海邊也不錯。」

我故作開朗地說。

「或者你想再去爬山？」

他默不作聲地繼續往前走。

「啊，還是你想回家了？那樣也很好啊，我會跟你一起為離家出走的事向大家道歉。」

惠太，你為什麼不回答我？為什麼默不吭聲？

「惠太。」

我自然而然地壓低聲音。

「……你想自殺嗎？」

低垂著頭，甚至無法直視他的背部。

「你想尋死嗎？」

現在惠太的背部讓我聯想到「死」，死神的「死」。

「我不要你死！」

不管任何形式，我都不希望任何人死去，尤其更不希望惠太死掉。

「絕對不要！」

聽到我語帶哽咽的聲音，惠太才回頭看向我，臉上帶著很勉強才稱得上是笑容的怪異表情。

「……妳在哭什麼啊？」

惠太說道。

「傻瓜，我不會死啦，只是有點累而已。」

看到我一臉不滿，惠太搔了搔頭。

「之前我也問過莉乃同樣的問題，問她有沒有過想要尋死的念頭，結果被莉乃臭罵一頓。」

惠太苦笑著說道。

「為什麼只要我問這個問題，大家都會生氣？」

「不生氣才怪！就算是我也會生氣！」

我不悅地皺著臉。

「為什麼？」

「沒有為什麼。」

惠太一定不知道自己是用什麼表情說出這句話。他真的很差勁。這個問題他問了莉乃，卻絕對不會問我。

「……惠太，你喜歡莉乃嗎？」

我鼓起勇氣開口。

「啊？妳怎麼問這種問題？」

「因為……」

我知道自己的語氣很幼稚，但還是無法壓抑這股衝動。

「因為你絕對不會問我那樣的問題。」

「我剛才不是問了嗎？」

「是剛剛才問！」

我越來越激動。

「真的被妳打敗了……」

惠太撥弄瀏海，一臉傷腦筋的模樣。

「莉乃……我只把她當成朋友而已，沒有更進一步的想法。」

「那我呢？」

為什麼要問這種問題？我看得出惠太很困擾。

「妳……」

我很驚訝他竟然打算回答，因為平常他只要遇到這種情況，都會四兩撥千金地敷衍過去。

我直視著惠太，他彷彿逃避似地別開目光望向上方。月光宛如一盞聚光燈，穿過覆蓋在我們頭上的枝葉縫隙，照在他的嘴角。

我看到他的嘴唇動了動。

「　　。」

我聽不見。

惠太大概只是動了嘴唇，什麼也沒有說。

但是，我覺得他好像有說話，我好像有聽見他說的話。

惠太滿臉通紅，我大概和他一樣。明明他應該什麼都沒有說，明明我應該什麼都沒有聽見。真是太奇怪了。

「……好奇怪。」

我喃喃說道。惠太則是用手覆蓋眼睛，深深嘆一口氣。你那是什麼反應啊？真是的！

喜歡的男生就在身邊，兩人在深山中獨處。這是一個靜謐得彷彿可以聽見心臟在胸腔裡鼓動的夜晚。

——七月十九日，凌晨零時。

「好美……」

身旁的惠太忘我地輕聲讚嘆。

這裡是烏蝶山的山頂附近。我們沿著獸徑一路前行，這次展現在我們眼前的是一望無際的星空全景。點綴滿天星斗的夜空，宛如點彩畫的夜空，如詩如畫的夜空……啊啊，我真沒用，只能想出陳腔濫調的形容詞。

「是銀河。」

惠太指向天空。

「真的是一條河耶……」

惠太的感想略勝我幾分。「真的是一條河」——他說得對極了。若是用高二學生貧乏的詞彙來表現，就是「真的是一條河」。我甚至無法如同惠太那樣說出「好美」，只能不斷嘆息。

好一陣子我們都沒有出聲，只聽見風聲和草木搖曳的聲音，彷彿世界上只剩下我們兩個人。或許世界已在不知不覺間毀滅，其實我們是最後的倖存者。所謂的世界末日，或許就像現在一樣寧靜吧。

「原來這就是真正的星空……」

我偷瞄一眼惠太的臉龐，他的側臉已經沒有不祥的氣息，看起來十分神清氣爽。眼眸宛如一面鏡子映照著星辰，或許是因為這樣，他的眼睛看起來閃閃發亮。他跑完一百公尺、更新自己的最佳紀錄時，雙眼也是如此閃耀嗎？惠太果然還是比較適合留在充滿光明的地方。

惠太似乎察覺到我的視線，轉頭看向我。

「美穗，謝謝妳。」

他突然說道。

啊，糟糕，那種表情太犯規了。我踢一下腳尖處的小石子，看著它從腳邊的懸崖滾落。

「我要回家。」

心臟猛然跳動一下。

「咦？真的嗎？」

我不禁抬起頭問。他怎麼突然改變心意？

「嗯，畢竟還有全國高中生運動大會。」

惠太微笑說道。那是總是掛在惠太臉上、有點惡作劇的笑容，我好像很久沒有看見這樣的笑容了。不知為何，他的臉比平常更讓我心跳不已，令我瞬間屏息，明明想要說什麼，話語卻像嚥下一大口飯似地梗在喉嚨。會是什麼話語，大到可以梗住喉嚨呢？

「好不容易取得出賽資格，如果現在棄權，舜會殺死我的。」

「那、那還用說嗎？」

我用沙啞的聲音回應。

「我也有話想跟大輝和莉乃說。」

「有話想跟他們說？」

惠太把手交疊在頭部後方，轉移話題。

「而且，我想向大家炫耀我在烏蝶山找到一個看星星的好地方。」
這次我也同意地點頭。原本梗在喉嚨的話語好像順利嚥下去了。
「是嗎？說得也是，下次大家一起來吧。」
到了暑假，五個人一起來露營——惠太、我、大輝、莉乃和舜。我們會再來這裡，所以……

「回家吧。」
我說道。
「好。」
惠太回答。我點頭回應，然後轉身。
剎那間，一股異樣的飄浮感襲來。我浮了起來。是身體嗎？不，是左腳……本來應該踏在腳下的地面消失。
我踩空了，身體冷不防傾斜，彷彿被吸引似地摔入腳邊張開血盆大口的黑暗崖底。
就像被我踢開的小石子，無力抵抗地往下掉落。
我已無法思考，不敢相信自己身上發生了什麼事。
惠太好像說了什麼。

我好像有抓住惠太伸向我的手。

最後映入眼簾的是天上的銀河。在猛烈的風與飄浮感中，我看著惠太從我身旁向下墜落。

——咚！

*

我緩緩張開雙眼。

看見莉乃的臉，還有大輝和舜擔憂的臉。

惠靜靜站在前方，露出悲傷的微笑。

「……我不是美穗。」

我用確認似的語氣說道。

把話說出口的瞬間，感覺某種東西抽離了身體。對，我不是那個活了十六年又多一點的花野美穗。

——如果有兩個我。如果有另一個我。

當時她如此期望，我才會誕生。我是在那一晚，她追隨惠太而去時，轉身代替本尊回家的贗品。

有一個假說名為「世界五分鐘前假說」。

雖然我不是在五分鐘前，而是在短暫的一個禮拜前誕生的。

我擁有十六年又多一點的記憶，身為花野美穗的虛像而生。因為真正的花野美穗希望有另一個自己，我才會誕生於世。

「美穗……？」

莉乃注視著我的臉，眼神彷彿在期待什麼，或者忌諱什麼。

我搖了搖頭。

「真正的美穗在那裡，我是她映照在鏡子裡的虛像。」

只是模仿美野美穗的影子。

莉乃向後退。

「不可能……」

我聽見大輝喃喃自語，眼角餘光瞥見舜的目光來回看向花野美穗和我。躺在懸崖中間被枝葉掩蓋的平台上的少女，彷彿映照在鏡子裡的我，兩者一模一樣。

「你從一開始就知道我不是真正的美穗。」

我說道，惠點頭承認。

「我當然知道，因為我知道真正的美穗在這裡。」

現場大概只剩下我一個人聽得見惠的聲音。

「我會一五一十地告訴妳，妳有知道的權利。」

「我誕生於世時，惠太已幾乎斷氣了。他從這裡摔下去的時候撞到頭。」

惠指向眼前的斷崖。

「但是，他發現妳摔落在中間的岩石平台上，所以才會產生我，希望我能代替他拯救妳。」

然而，惠太死在懸崖下。人從鏡子前方消失，映照在鏡子裡的虛像也無法存在，本來惠應該在當下就消失。

「但是惠太的心願還沒有實現，所以我才會留在人世。不過，因為我是本來不應該映照出來的虛像，所以存在感變得非常薄弱。失去實體的我可以輕易飛到岩石平台上，但無法觸碰美穗，無法憑自己的力量拯救美穗，所以，我才想藉助別人的力量，讓人知道美穗的情況危急，要盡快救她。」惠說道。

幸好惠太很快就被人發現，他摔落的地方在露營區附近，來露營的其他登山客發現惠太後立刻報警。

「當時，我想告訴大家美穗還沒獲救，卻沒有人看得見我，也聽不見我的聲音，而且我的存在感變得越來越薄弱。美穗受了傷，無法自行離開岩石平台，如果一直沒有人發現她，她就會在我眼前死掉……坦白說，我已經絕望了。但是，在一個意外的地方讓我重新得到希望。」

惠指向岩石平台上的美穗。

「只有她看得見我，雖然她一直以為是幻覺。總之，那時候我靈機一動，心想或許和惠太親近的人看得見我。當我察覺這件事時，感覺到自己可以仰賴的，只有惠太逐漸遺落的記憶中那三張不斷閃現的臉。」

惠依序看向大輝、舜和莉乃。

「他們經常出現在惠太的記憶裡，真的很常出現，所以我想他們一定看得見我、聽得見我的聲音……或者至少能感覺到我的存在。只要告訴他們，他們一定會接受我的請託。」

他們對惠太來說是非常特別的朋友，所以惠才會依循惠太的記憶來到雙町造訪他們，然後在雙町發現了我。

惠苦笑著說道：

「當我看到自己本來想救的美穗，居然若無其事地過著平常的生活時，真的嚇一大跳。我不知道美穗也留下了分身。但現在回想起來，或許是受到妳的吸引，我才會到妳家找妳。」

我不置可否地笑了。我們是同類，也許是這個緣故，我才會意外地很快就接受惠的存在。

「我決定利用妳來實現我的心願，同時又不讓妳知道自己是分身……當然，畢竟妳有實體。」

所以，惠才無法說出惠太的心願是拯救美穗，因為他如果這麼說，會造成大家的混亂。是我把情況變得如此複雜。不，照這個邏輯來說，一開始惠太也留下分身就好了。

「為什麼惠太沒有像美穗一樣留下分身呢？」

惠露出複雜的表情，看起來像是既想笑、又想哭，然而他全都忍著，導致表情變得很奇怪。

「惠太一定是希望父母擔心他的安危。雖然他可能打算再也不回去了，但是另一方面，又希望父母會因為擔心而來尋找他、找到他，最後他回家，妳也回家。也許這種事根本不可能發生，但說不定存在那樣的未來。」

惠的聲音很平靜。

我望向下方的自己，看見花野美穗躺在岩石平台上的肉體，她的胸口微微起伏，但似乎沒有意識。惠之前說時間所剩不多，我以為是距離他消失的時間，不過，或許他真正擔心的是花野美穗的性命。

「謝謝你，惠。」

我說道。我想自己必須向他道謝。

「應該道謝的人是我，如此一來，惠太的心願就能夠實現了，幸好還來得及。拜託你們拯救美穗。」

惠笑了。他的笑容和我第一次見到他的時候一樣，淡淡的、宛如即使在溫和的陽光下也會旋即融化的冰品。

我點頭——然後向前跨步。

「美穗！」

三人份的哀號響起，莉乃、大輝和舜同時向我伸出手，我搖了搖頭。你們不要露出那種表情，我不要緊，因為我只是要回去該回去的地方。

「美穗就拜託你們。」

身體輕飄飄地浮起來。

熟悉的飄浮感。

由下而上吹起的冷風。

從懸崖墜落的時候，我看見天空。

點綴滿天星斗的夜空，宛如點彩畫的夜空，如詩如畫的夜空……啊啊，我真沒用，最後還是只能想出這麼陳腔濫調的形容詞……

*

我佇立在草原上。一望無際的綠色地毯，湛藍的夏日晴空，流動的白雲……是個稀鬆平常的風景。有如爸媽以前使用的電腦桌面般的綠色地平線，清晰地分隔出與天空的界線。

風吹拂而過，傳來夏季青草的味道。好舒服，我做了一次深呼吸，感覺到肺的每一處都盈滿翠綠的新綠清香。我向後倒去，跟人齊高的青草成為緩衝墊，輕輕承受住我的身體。

「妳又來了。」

旁邊有人對我說話，是那個我再熟悉不過的黑髮少年。

「惠太。」

我輕喚那個名字。

「原來是我。」

「什麼？」

「你最後的心願。」

「啊啊……嗯，是啊。」

惠太難為情地搔頭。

「因為我不希望妳來這裡。」

「為什麼？」

「比起這樣的世界，妳更適合留在和大家在一起的世界。」

我坐起身來。鮮豔的草綠色地平線無限延伸，除此之外沒有任何東西，也沒有其他人。

「結果這裡是天堂嗎？」

惠太好像笑了。

「我應該沒有乖巧到可以上天堂。」

「你是指家裡的事嗎？」

「也有。還有，我是壞小孩，以前經常被妳罵。」

「是啊。」

這些記憶恍如昨日。

「……你為什麼要死？」

我的聲音在顫抖。惠太沒有看我。

「為什麼呢？」

我無法原諒他樂觀的態度，所以斥責似地繼續對他說：

「大家都難過得哭了，連莉乃都哭了，你爸媽一定也……」

「說得也是，一定就如同妳說的那樣。」

「什麼嘛，你居然說得一副事不關己的樣子。」

惠太好像看著我。

「……妳真的很溫柔。」

我聽見惠太的笑聲，但已經看不見他的身影。他消失在與人齊高的青草裡，我只能聽見沙沙的聲響。

「惠太？你在哪裡？」

我忽然感到不安而東張西望。

「抱歉，我必須走了，這次真的不走不行。」

我只能聽見從某處傳來的聲音，沙沙、沙沙。

「惠太，等一下！先不要走！」

我吶喊。

「惠太……果然是我害死你的嗎？」

瞬間，世界彷彿關機的電腦，變得一片黑暗。

當我清醒過來時，眼睛對上的是一片「純白」。沒點亮的日光燈、方格狀的天花板、冷氣機的出風口，全都是白色的。

我轉向一旁，看到窗戶，窗外是一片藍色的夏日天空。積雨雲像霜淇淋一樣鬆軟雪白，縱向延伸。

我聽到寒蟬的鳴叫，那是夏天結束的氣息。什麼時候邁入這個時期了？

我好像作了一個很長的夢。

「妳醒了嗎？」

耳邊傳來一個聲音。我看向窗戶的相反方向，一個男孩子坐在椅子上。他長得酷似惠太，但不知道為什麼身體是透明的，可以穿透他的身體看見另一邊的景色。我皺起臉想要坐起來，這一刻我才發現自己躺在床上。

「我……」

我究竟發生什麼事？為什麼會躺在這裡？

「妳知道自己的名字嗎？」

少年問。

剎那間，我一陣怔愣，恍惚地重新建構自己的記憶。

「美穗……花野美穗。」

脫口而出的瞬間，好像有某種東西進入身體。我猛然回想起來——對了，我是活了十六年又多一點的花野美穗。那天追隨惠太踏上旅程，從懸崖墜落的花野美穗。

然而，我同時有另一個花野美穗的記憶——跟大輝、舜和莉乃一起追尋惠太腳步的另一個我的記憶。所以，我才會知道……

「惠？」

知道你的名字。

「太好了，妳還看得見我。」

惠淡淡地微笑。

「今天是……」

「八月三十一日。這裡是醫院，妳昏迷了將近一個月。」

「三十一日……」

暑假就要結束了，明天開始是第二學期。

霍然湧現的真實感讓我渾身顫抖。各式各樣的情感，宛如快轉的夜景影像中的車尾燈飛速流逝。困惑與猜疑——自己在這個夏天變成分身，不安與猶豫——在旅行中得知的朋友心情，以及悲傷和驚愕——惠太已經死了。

我直到夏天結束的今天才知道自己再也見不到惠太，直到今天才知道惠太已經死了。明明應該早已知道，卻一直無法接受。知道的人既是我，又不是我。更重要的是，惠的存在。在夏天開始時出現的幽靈，彷彿鏡子映照出來似的，跟我從前的青梅竹馬長得一模一樣。所以我——或是我的分身——才會從那一天就一直延後接受惠太已經死亡的事實。然而，那也……

我看著半透明的惠，開口想說些什麼，但無法好好把想說的話說出口，最後只能說出無關緊要的簡短台詞，確認現在的情況。

「……我還活著。」

惠靜靜點頭。

「醫生說如果是冬天，妳可能就死了。幸好妳有攜帶少量的糧食跟水，要是再晚個幾天，妳可能也熬不過去。」

換句話說，我是因為僥倖和大家的幫忙，才能倖存下來嗎？

「……大家在哪裡？」

「妳是說大輝、舜和莉乃嗎？他們每天都有來探病。妳看，那邊的鮮花是他們帶來的。」

我朝惠所指的方向看去，看見枕畔插著向日葵。那是我喜歡的花。

「不過，他們現在正忙著寫暑假作業，今年連認真的莉乃都幾乎沒有寫。」

惠輕笑著說道。我不知道是否該笑，不過一股莫名的安心感，讓我也自然而然地笑出來。

「世界上看得見我的人只剩下妳。」

惠若無其事地說道。

「……真的嗎？」

聲音不受控制地變得乾澀。

「大輝、舜和莉乃都已經看不見我。之前舜說，看得見我的時間，可能和與惠太相處的時間長短成正比。他說的或許是對的。和惠太相處最久的人是妳，所以直到最後妳都還看得見我。」

真的嗎？我應該為此感到驕傲嗎？或者……

「妳看起來不太高興。」

「因為……」

我無法釋懷。

結果惠太最後的心願是拯救我。然而如此一來，惠太究竟能得到什麼？救了我的性命自己卻上天堂的你，終究一無所有。

「因為惠太是因為我才死的。」

大輝、舜和莉乃都對惠太懷抱著罪惡感，覺得自己是不是被他討厭？覺得自己是不是害死他的凶手之一？不過，距離惠太的死亡最近的人是我。那時候我如果沒有抓住惠太的手，惠太一定不會死。我不僅從未為他付出些什麼，還擅自追隨他，結果最後害死了他。

「我就知道妳會這麼說。」

惠聳了聳肩。

「惠太也認為妳會這麼說，所以要我傳話給妳。」

聞言，我猛然抬起頭。

「傳話？」

「對。他說，如果妳獲救了，就把這些話告訴妳。這是惠太真正的最後心願，所以我才仍留在人世。」

語畢，惠輕輕閉上雙眼，然後張開幾乎已變得透明的嘴唇。

＊

給美穗：

如果妳正在聽這些話，代表妳已經獲救。太好了。如果妳被捲入我的任性而死去，我真的會死不瞑目。以妳的個性來說，或許會為了只有自己倖存而感到內疚，可是我希望妳活下去，所以不要在意。請妳一定要好好活下去。

我無法說太久，所以只說最想告訴妳的話。

當妳說要跟我一起走的時候，我臉上可能表現出很不高興的樣子，但其實我很開心，也很安心。我真的很高興妳選擇跟我一起走。

我打算離家出走的時候，或許就像妳說的一樣想尋死吧。但是，因為妳跟我走，我才能活下去。我很高興跟我走的人是妳。跟妳一起看見的星空真的好美，我從以前就一直很想親眼看看銀河。如果妳當時沒有說要去看星星，或許我一輩子都看不到了吧。謝謝妳。

回想起來，我從小就一直受妳照顧。也很感謝妳父母，讓我跟你們一起吃晚飯，運動會的時候一起用餐和拍照，比我的親生父母更像父母。如果我說妳很像姊姊，妳應該會生氣吧？但是對我來說，你們真的就像我的家人。

我也很感謝大輝、舜和莉乃，希望妳幫我轉達我的歉意。大輝特地幫我計劃了露營，和舜吵架後一直沒有機會和好，還有一直讓莉乃懷抱著罪惡感，真的很抱歉。我也必須向妳道歉。或許妳不會原諒我，但我還是要說：對不起，我死了。

還有一件事。在山裡沒能對妳說出口的話，我要在這裡告訴妳。不過，或許妳早就察覺了。

我喜歡妳。

妳總是像姊姊般斥責我，陪我一起玩，成為我的朋友，我很感謝妳。之前因為害怕而不敢說，不過，我一直很喜歡如此溫柔體貼的妳。

真的很感謝妳。妳的生命非常美麗，所以請妳要努力活下去。

＊

在這間只剩下我的病房裡，窗簾輕輕搖曳。

涼風從稍微開啟的窗戶吹入。

看似快要下雨的病房裡，夾雜著消毒水味和向日葵的香氣，帶有秋季開始的味道。

八月已經結束。然後，沒有你的九月來臨了——

尾聲

伴我同行

When the night has come
And the land is dark
And the moon is the only light we'll see
No I won't be afraid
Oh, I won't be afraid
Just as long as you stand, stand by m

So darling, darling
Stand by me, oh stand by me
Oh stand, stand by me
Stand by me

「來，笑一個！」

我站在寫有「慶祝雙町市成人式」的看板前方，比出V字手勢露出笑容。閃光燈一閃，響起好幾道快門的電子音。

「美穗，妳剛才閉了眼睛。」

「咦？不會吧？」

「沒關係，我拍了很多張，等一下把拍得比較好的照片傳給妳。」

「謝謝。」

「啊，妳也幫我拍照吧。」

我們相互交換數位相機好幾次，拍了很多照片。穿和服褲裙拍照讓我很難為情，所以笑容越來越僵硬，還被抱怨了。

「咦？美穗！」

「哇，好久不見！」

因為小學同學和國中同學的成員幾乎一樣，所以〇〇小學同學會，結果看來幾乎都是國中同學。即使滿二十歲，大家也都沒有什麼改變，看到朋友穿和服褲裙的樣子反而有一種異樣感，讓我感到很新鮮。

一起拍完照片後，我們離開會場。

「你們晚上有約嗎？要不要找個地方喝茶？美穗，妳覺得如何？」

某人輕拉我的袖子說道。

「啊，抱歉，等一下我要跟幾個朋友碰面。」

因為今天有一件很重要的事。

「是嗎？那下次見。」

「好。」

我揮著袖子，走到大馬路上攔了一輛計程車。

我搭上與前往大城市相反的下行電車，來到距離雙町數站、名為浦澤的車站。越過車站可以看見大海。浦澤站的下一站是終點站，那裡有一座面海的小鎮。

我走出車站搭上公車，朝遠離城鎮的小山丘前進。隨著車身搖晃，大海逐漸遠去，公車最後在一座小墓園前停車。

大輝和舜已經在公車站等候。大輝穿著和服褲裙，舜則是穿著西裝。

「喔，美穗穿和服褲裙耶。」

大輝笑著調侃我，還拿起數位相機拍照。

「啊，討厭，你不要擅自拍照啦。」

「好久不見。」

舜揚起手向我打招呼。

「會嗎？夏天才見過面，所以感覺沒有那麼久。」

大輝笑道。去年夏天，我們四個人一起再次爬了烏蝶山，所以記憶猶新。

「莉乃呢？」

我邊問他們，邊用數位相機拍下大輝穿和服褲裙的照片還以顏色。

「她說會晚一點到。」

舜確認一下手機。大輝驚訝地睜大雙眼。

「真難得，那個莉乃居然會遲到。美穗，妳在成人式上沒有遇到她嗎？」

「沒有，我沒有看到她。」

我們應該在同一個會場才對。

「啊，她來了。」舜說。

「對不起，我遲到了。」

穿著和服褲裙的莉乃從下一班公車現身，說了一聲「好久不見」，露出靦腆的微笑。

走到墓園的深處可以俯瞰大海。惠太的墓在比較角落的地方，所以總是帶有海潮的味道。側耳傾聽，可以聽見微微的浪濤聲。

我們來到惠太的墓前，發現已經有人來此供花。

「那個人又來過了。」

大輝說道，然後從塑膠袋裡拿出線香。莉乃把帶來的花輕輕放在墓石前方。

「如果他還活著，今天就是他的成人式。」

惠太的墓石前方也放了一瓶罐裝啤酒，拉環已經打開，裡面的啤酒剩下一半。墓石的表面略微濕潮，大概是在墓石上倒了啤酒吧。

「說到底，他們畢竟是父子。」

莉乃喃喃地說。

「報警搜索的也是他。」

「我想他們一定只是不知道該怎麼跟對方相處而已。」

惠太的第一年忌日上，我再次見到他的父親。他的父親身材清瘦，看起來很嚴厲，惠太果然長得跟他一點也不像。我沒有和他交談，對他的印象只有神情憔悴、氣色很差。一定就如同大輝所說的，他只是不知道該怎麼跟兒子相處。他一定不是真心希望惠太沒有出生就好了。

「惠太其實也很笨拙，真的是有其父必有其子。」

大輝點燃線香，我閉上眼雙手合十。希望在天堂的惠太可以知道他父親的心情。

「大家都成人了。」

我對著墓石傾訴。

「我和莉乃都穿了和服褲裙，很漂亮對吧？」

「我也穿和服褲裙啊。」大輝說。

我做出傾聽墓石答話的動作，然後笑著說：

「……他說你不適合穿和服褲裙。」

「好過分。」

「不知道惠太適合哪一種。」

舜喃喃說道。

「什麼？」

「不知道他適合穿和服褲裙還是西裝。」

「應該是西裝吧？」

大輝說道。

「他很瘦，穿起西裝應該會很好看。」

莉乃笑著說。

惠太其實不在天南地北的閒聊中，但當我們四個人聚在一起的時候，不可思議的是，感覺就好像五個人重聚。從那個夏日至今，也許惠太……或是惠，一直都在我們身邊，只是我們看不見而已。

惠太已經過世數年，每個人走上各自的道路。雖然感覺從那一天之後發生的改變，還不足以讓我們說出：「我們已經變成大人了。」即使如此，我們並沒有停佇在那個夏天，而是確實走到今日。我想，這一定是因為在那趟旅程中惠留給我們的那些話，同時也覺得，那些話其實是惠太留給我們的。

「差不多該回去了。」

大輝站起來。

「再見，惠太。」

莉乃輕輕撫摸墓石。

「再見。」

舜揮揮手。

「恭喜你成人了。」

我把剩下的啤酒倒在墓石上，然後將空罐裝進塑膠袋。

「我們夏天時會再來見你。」

然後，我仰望湛藍得透明的冬日晴空，稍稍緬懷往日的夏日之戀。

終

後記

我不曾離家出走過。

不管就好的意思還是壞的意思來說，我從小就很實際。不，與其說實際，不如說想像力太過豐富。小時候的我大概就已經能夠「想像」離家出走後的事情。一個小孩子離家出走後，能去什麼地方呢？朋友家？親戚家？還是露宿街頭？如果哪裡都去不了，最後只能回家，落得在被鎖住的家門外哭著求家人開門的下場。比起一時的解放，我會忍不住想像之後哭著求人的悲慘結果……是不是因為這種「不要沒事找事做」的理智作祟我才不曾離家出走，事到如今也無從得知，總之，我在沒有任何離家出走的經驗下長大成人。事實上，或許單純只是我的個性太膽小而已。

現在我一個人住，有時也會心血來潮，想要來一趟名為離家出走的單獨旅行。拋棄工作、人際關係、重要的約定——拋開一切，逃離所有束縛，一個人離家出走，前往遙遠的彼方。然而在離家之前，我又忍不住「想像」回家後的事，心想之後好像會變得很麻煩，結果兩隻腳始終沒有踏出玄關一步。

這次我便以「離家出走」為出發點，寫下這篇故事。我以前沒能離家出走，所以策劃讓角色們在小說裡離家出走。嚴格來說，那其實不算離家出走而是旅行，也就是以「一場夏天的冒險」為主題。我沒有偏離青春小說的主軸，所以不只是喜歡這種類型的讀者，至今從天澤的作品中獲得樂趣的讀者，應該也會喜歡這篇故事。還有喜歡《伴我同行》這部電影的讀者，因為那部電影是這篇故事的主題之一。我也非常喜歡那部電影（謹向今年逝世的班・伊・金致上哀悼之意）。我是天澤夏月，後會有期。

二〇一五年 九月中旬

輕文學
Light Literature

看得見聲之色的我，愛上了透明色的妳！
《我成了校園怪談的原因》作者最新力作！

傾聽妳的顏色

小川晴央／著　古曉雯／譯

就讀藝大的杉野誠一因為「聲之色」的關係，看得見他人的感情或謊言。這樣的他，在校園裡遇見了一名失去聲音的透明女性。在便條本上寫著「川澄真冬」並自我介紹的女性，提出想幫誠一製作影片的請求，相對地，希望誠一使用錄在錄音帶裡姊姊的歌聲。深深被川澄吸引的誠一，想要知道她內心的顏色……

定價：NT$280/HK$85

國家圖書館出版品預行編目資料

然後，沒有你的九月來臨了 / 天澤夏月作；陳盈垂譯. -- 初版. -- 臺北市：臺灣角川，2017.06
面； 公分. --（角川輕. 文學）

譯自：そして、君のいない九月がくる
ISBN 978-986-473-709-3(平裝)

861.57 106006291

輕文學
Light Literature

然後，沒有你的九月來臨了

原著名＊そして、君のいない九月がくる

作　　者＊天澤夏月
插　　畫＊白身魚
譯　　者＊陳盈垂

2017年6月26日　初版第1刷發行
2024年6月12日　初版第12刷發行

發 行 人＊台灣角川股份有限公司
總　　監＊呂慧君
總 編 輯＊蔡佩芬
主　　編＊李維莉
設計指導＊陳晞叡
美術設計＊吳佳昫
印　　務＊李明修（主任）、張加恩（主任）、張凱棋、潘尚琪

台灣角川

發 行 所＊台灣角川股份有限公司
地　　址＊104台北市中山區松江路223號3樓
電　　話＊（02）2515-3000
傳　　真＊（02）2515-0033
網　　址＊www.kadokawa.com.tw
劃撥帳戶＊台灣角川股份有限公司
劃撥帳號＊19487412
法律顧問＊有澤法律事務所
製　　版＊尚騰印刷事業有限公司
I S B N＊978-986-473-709-3